U0140034

suncolor

suncolor

白川紺子 著／葉廷昭 譯

花菱夫妻的退魔帖 2

罪與詛咒

suncolor 三采文化

目錄

黃昏的來客——7
梅雨殉情時——121
金花盛開——195

淡路之君
以鬼為食的上臈冤魂，花菱一族的先祖。過去曾有貴人含恨流放淡路島，其職責便是撫慰含恨的冤魂。
孝冬
花菱男爵家次子，現任當家，其家系為神職華族。經手生意五花八門，同時還要替淡路之君尋找鬼魂。
鈴子
瀧川侯爵家的么女，為侯爵和瀧川家女傭所生，在淺草的貧民區長大。曾被喻為「千里眼少女」，現年十七歲。
花菱夫妻和十二單之女

花菱夫妻親族

嘉忠（右）・**嘉見**（左）

已故嫡妻的兒子嘉忠，為瀧川家接班人。嘉見為雪子和朝子的親弟。

雪子（右）・**朝子**（左）

雙胞胎，鈴子同父異母的姊姊，千津的女兒。

千津

瀧川侯爵的小妾，為雪子、朝子、嘉見的生母。

由良

孝冬的傭人。

鷹嬸

鈴子的侍女。

阿若

由良的青梅竹馬。

銀六

鈴子喪母後，曾經照顧鈴子的男性。

丁姨

曾和銀六一起照顧鈴子的女性，是鈴子母親的朋友。

虎吉

曾經和銀六、丁姨、鈴子共同生活的老人。

黃昏的來客

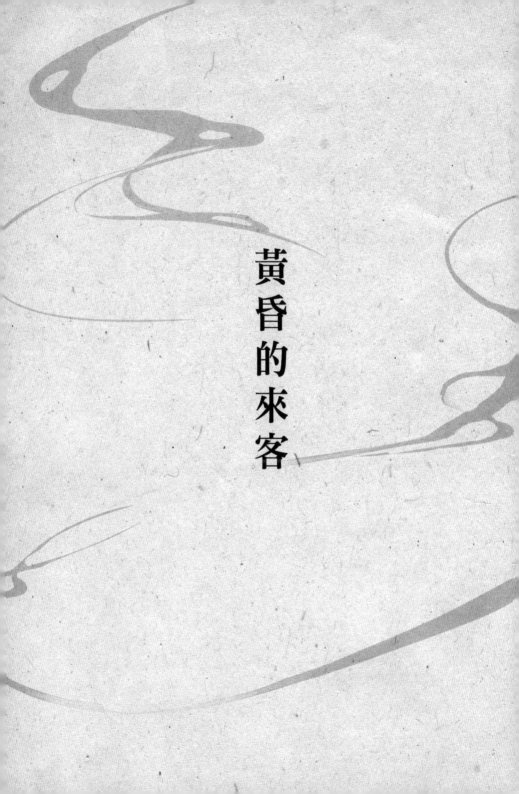

斜陽灑落庭院，青翠稚嫩的楓葉，在殘照下更添美感。然而，枝幹扭曲的老松和一旁的石燈籠，也在潮濕的土地上留下了難分難解的陰影。

夕陽轉瞬即逝，淡藍色的夜幕鋪天蓋地。潮濕的暖風吹動松枝，一道人影出現在石燈籠前。那是一個年邁的男子，低垂的腦袋上也沒幾根白髮了，身上穿著繡有家紋的羽織❶與褲裙。衣褲褪色不說，穿法也十分邋遢。

夜色更深了，男子神不知鬼不覺來到檐廊邊，半紙窗半玻璃的拉門，以猛烈的力道自動打開了。宅院中，也發出了驚恐的尖叫聲。

＊

景德鎮青花瓷的香爐中，升起一縷淡淡的輕煙。香氣隨即充滿四周，清冽深奧的韻味中還夾雜了幾分寂寥。

這是一種叫「汐之月」的香木所產生的香氣。鈴子嫁入花菱家以後，每天早上焚香就成了她的義務。

鈴子舊姓瀧川，是瀧川侯爵家的么女，瀧川家過去可是大名。前不久，鈴子和花菱孝冬男爵成婚，擁有了男爵夫人的頭銜。鈴子年方十七，有一頭豐沛健康的秀髮，兩眼流露出堅定的意志，白淨的臉龐更加突顯明眸的知性，窈窕端莊的身段同樣動人，那股清秀的美感令人聯想到初夏的涼風。

「鈴子小姐，火鉗。」

鈴子聽從孝冬的指示，將火鉗遞給孝冬。孝冬怕她還不習慣焚香的流程，所以每天早上都會陪她焚香，以免她燙到自己。

鈴子和孝冬是在一個半月前認識的。大正九年四月底的晚上，鈴子在某位子爵家目睹亡靈現身作祟，孝冬使役古裝女子的冤魂，吃掉了作祟的亡靈。後來，孝冬向鈴子求婚——這便是他們相識的經過。當時，鈴子以大家閨秀不該有的強硬態度，直接拒絕孝冬。但幾經波折後，鈴子還是嫁給孝冬了，他們上個禮拜剛度完蜜月。

蜜月旅行一結束，鈴子就搬到麴町的夫家生活了。花菱家本為淡路島的神社宮司，明治維新後受封男爵，也就是所謂的神職華族。孝冬是家中次子，小時候被過繼給別人當養子，

---

❶ 羽織：是一種長及臀部的日本和服外套，穿在小袖和服之上，一般用在防寒和禮裝。

直到長子死後才回來繼承家業。

花菱家宅院是一棟別緻的磚瓦洋房，外牆爬滿了藤蔓。鈴子和孝冬就在洋館的其中一個房間，共同焚香，鈴子看著冉冉飄升的輕煙。

她才剛嫁來沒多久，焚香也沒做幾次，每次看到焚香的煙霧升起，就不由得緊張起來，彷彿那個上臈的冤魂，隨時都會現身一樣——

這塊香木上，寄宿著一個身穿古裝的美麗冤魂，名喚「淡路之君」。據說，這個冤魂是花菱家的祖先，歷任當家必須以鬼魂餵養淡路之君，否則就會死於非命。

鈴子很怕淡路之君，她曾和淡路之君四目相對，那漆黑的瞳仁就像深不見底的黑洞，鮮紅的嘴唇也都龜裂了，她體驗到一種彷彿被吞噬殆盡的恐懼。淡路之君挑中了鈴子，這也是她嫁給孝冬的原因，如今鈴子身上也香氣纏身，再也逃不掉了。

「鈴子小姐。」

孝冬輕撫鈴子的背部，一陣暖意在鈴子背上擴散開來。

「不用擔心。早上焚香的時候，淡路之君不會現身的。」

真正讓鈴子放鬆的，不是這句口頭保證，而是背後傳來的溫度。鈴子的身體不再緊繃，說來也真不可思議，她剛認識孝冬時，只覺得這人太可疑了，現在看法卻截然不同。

鈴子仰望孝冬，孝冬身材高眺，鈴子想看他的臉，必須抬高下巴仰望他才行。孝冬的五官端正深邃，年紀輕輕才二十六歲，卻有相當精悍的面容，散發出老成持重的氣息，少了年輕人該有的熱情。深棕色的瞳孔宛如僻靜幽暗的森林，流露陰鬱的氣質，唯獨看著鈴子的眼神一向溫柔。鈴子從他的眼神中，已經感受不到那種難以捉摸、城府極深的性情了。與其說是孝冬變了，不如說是鈴子對他的看法變了才對。

「有哪裡不舒服嗎？」

「我沒事。」

這是他們每天早上焚香的例行對話。孝冬對待鈴子十分殷勤懇切，簡直就像隨從對待公主一樣。

——打從一開始，我就像妳的侍者一樣啊。

鈴子想起孝冬之前說過的話。坦白講，她不太懂這話的涵義。

那時候，鈴子表明了要祛除淡路之君，孝冬說他會順著鈴子的意思。鈴子打算消滅淡路之君，不再餵養那個嗜吃鬼魂的魔頭。

淡路之君是「魔」，既然決定要除魔了，怎麼能一直害怕自己要祛除的對象呢？鈴子穩住心神，盯著香爐中飄出的輕煙。

「那我出門嘍。」

二人一離開焚香專用「汐月之間」，孝冬就向鈴子道別，快步走向玄關。

鈴子訝異地問他：「你不吃早飯嗎？」

「我接下來得去橫濱一趟。不好意思，明天應該就有時間一起吃早飯了。」

孝冬解釋的時候也沒停下腳步，管家由良已拿著西裝外套等候多時，孝冬一把拿起西裝外套穿上。今天他穿著一身白色的麻料西裝，跟他高䠷的身材很相襯。袖扣和領帶夾都有紫水晶，再配上一條灰紫色的領帶。這些都是鈴子挑的，孝冬請她幫忙搭配，因此這陣子的飾品都由鈴子挑選。

孝冬拿著巴拿馬帽，姿態瀟灑地坐進汽車後座。臨行前，還對鈴子露出一個微笑。孝冬的生活真是一刻也不得閒，這也難怪。

孝冬負責經營「薰英堂」這家薰香公司，總公司開在橫濱，分公司開在東京，工廠設在淡路島。那原本是孝冬的養父母一家，世世代代在淡路島經營的生意。明治維新以後，養父母一家來到橫濱發展，孝冬被送去他們家當養子。而孝冬繼承爵位後，也繼續幫養父母經營生意，那兩位老人家退休後，改由孝冬執掌經營大權。孝冬來往於橫濱和東京，每日忙碌奔波。結婚前，孝冬常常忙到沒空回家，現在不論忙到多晚，他一定會回來，隔天早上陪鈴子一起焚香。

其實焚香做過兩、三次了，鈴子自己來也沒問題，但孝冬還是堅持相陪。可能是擔心鈴子燙傷，或是顧慮到鈴子害怕淡路之君吧。鈴子焚香時故作鎮定，盡量不表現出害怕的情緒，想來也瞞不過孝冬吧。

鈴子在玄關站了一會兒，長吁一口氣。就在她轉身準備回房時，赫然看到由良站在門邊，稍微吃了一驚。鈴子一進門，由良默默地關上房門，一鞠躬後就離開了。看上去由良的年紀比孝冬略小幾歲，但他的舉止沉著穩重，又好像比孝冬年長幾歲。

這位青年長得也很好看，有一雙清朗的明眸，五官也嚴肅端正。只不過，由良總是面無表情又沉默寡言。除了工作上的交流以外，鈴子沒聽過他說話。鈴子從他身上感受到的冷淡氣息，大概也不是錯覺，因為態度冷淡的傭人，也不止他一個。

花菱家的傭人約莫十來人左右，數量不算多。但有些華族家裡，僅有一、兩名傭人，所以十來人也不算少了。鈴子的老家瀧川家，平時就有五、六十名傭人常駐，才會對這個人數感到意外。

——這棟宅子不大，也只有我一個人住啊。

這是孝冬的說法。

幾乎所有傭人都是淡路島出身，也就是從花菱家的故鄉找來的。每逢大掃除的時候，會再從淡路島調人過來。瀧川家也習慣從家鄉找傭人，這方面倒是沒有太大的差異。至於為何找鄉親當傭人，純粹是鄉親比較值得信賴罷了，尤其瀧川家在過去是大名，對鄉親來說依然是主公。哪怕家中鬧出了醜聞，忠誠的鄉親也不會到處亂說話。

當然，沒有醜聞是最理想的，無奈現任當家是鈴子的父親，為人放蕩不羈，醜聞只多不少。鈴子本人就是父親勾搭女傭生下來的小孩。花菱家的家世也很複雜，傭人一定都挑口風緊的人吧。那些傭人也確實沉默寡言，這本身不是壞事，但他們的態度實在太冷漠了。

首先，傭人完全沒有跟鈴子交談的意思。比如，鈴子問梅雨季是不是要到了，他們也都愛理不理，連個像樣的答覆都沒有。確實，傭人和雇主之間有一道難以跨越的隔閡，雙方的關係也不該太過親密。然而，他們的冷漠並非出於這種考量，而是近乎無禮。

鈴子猜想，那些傭人根本不把她當成花菱家的媳婦和女主人。御子柴總管算是唯一的例外，老總管的態度不算冷漠，卻也稱不上親切。鈴子本身也不是一個討喜的人，或許也沒資格說別人吧。

鈴子並不是想跟傭人打好關係，更不是想確立自己女主人的地位，她只是擔心孝冬和傭人的關係。她觀察過孝冬和那些傭人相處的方式，孝冬只有在交辦事情的時候，才會找他們說話。雙方交談時，也都瀰漫著緊張的氣息。鈴子從傭人不苟言笑的表情，還有他們看待孝冬的眼神中，看出了輕蔑和冷漠。

鈴子想起去葉山蜜月旅行時，孝冬熟識當地的一名少年，那位少年很擔心孝冬在花菱家的生活。

——孝冬大哥，你回東京老家沒被欺負吧？不要緊嗎？

孝冬對此一笑置之，他說自己可是當家，沒有傭人敢欺負當家的。話是這樣說沒錯，可是，孝冬的祖父特別溺愛他，甚至要廢掉他的父親和兄長，指定他當繼承人。不料祖父早死，孝冬被逐出家門，送去別人家當養子。部分傭人一定很同情他的父親和兄長，看他不順眼吧。

更糟的是……鈴子想起另一件事，臉色沉了下來。孝冬是祖父亂倫生下的孩子，傭人們也知道這件事嗎？那是孝冬難以啟齒的身世之密，至今依舊折磨著他……

對孝冬而言，這座宅院埋藏了太多不堪的回憶，絕不是一個安心舒適的歸宿。

「……」

——雖然他都沒有表現出來……

鈴子在玄關大堂，愁眉苦臉地沉思。由良前來通知她，早飯已經準備好了。

花菱家的早飯是西式的，有蓬鬆柔軟的麵包和滑嫩的炒蛋，每一樣都很好吃。但餐廳實在太大了，一個人在那裡用餐怪寂寞的。

「小姐——夫人，羽織要穿這一件嗎？」

侍女鷹嬸拿起一件紗質的羽織，詢問鈴子的意向。鷹嬸是瀧川家的女傭，鈴子嫁人後也隨侍在側。鈴子剛到一個陌生的新環境，有鷹嬸相伴令她心底踏實不少。鷹嬸還不習慣稱呼鈴子「夫人」，偶爾會不小心叫成「小姐」。

鷹嬸手上拿的是一件粉紫色的紗質羽織，上頭有繡球花的圖樣。擺放和服的衣架上，有一件灰紫色的紋紗縐綢和服，上頭有灰紫色到白色的漸層，同樣也有繡球花的圖樣。再搭配一條透氣性佳的夏季腰帶，象牙色的布料上有銀絲繡出的水紋。

現在已經六月中旬，連續幾天天氣都不穩定，似乎就快要進入梅雨季了。時而悶熱時而寒冷，都不知道該怎麼穿搭才好。

「穿這樣不會冷嗎？」

「今天陽光普照，白天氣溫偏高喔。」

「妳都這樣說了，那肯定錯不了。」

鷹嬸年過四十，見多識廣，看天氣也很有一套。她說天氣會熱，那就絕對會熱到流汗；她說天氣會冷，那就絕對會冷到打哆嗦。

「繡球花配綠葉才好看，帶揚❷就用這個淡綠色的。帶締也——不行，帶締要配合腰帶的顏色才成。至於腰帶飾品就用翡翠的……那羽織的綁帶飾品就該用水晶了……」

鷹嬸打開衣櫃的抽屜，自言自語地挑著帶締和羽織的綁帶。今天鈴子要出門，而且是跟兩位同父異母的姊姊用餐，鷹嬸也特別用心挑選鈴子的衣著。姊妹幾個打算到日本橋的餐廳吃飯，鈴子每次跟那兩個喜歡打扮的姊姊碰面，鷹嬸就會賣力挑選她的服飾。

「姊姊們不曉得過得如何。」

「兩位小姐一定也過得很好啊，不然怎麼有心情邀您吃飯呢。她們一定也很擔心小……擔心夫人您。」

「我在葉山有寄明信片給她們啊。」

鈴子有寄給同父異母的哥哥姊姊，包括朝子、雪子、嘉忠、嘉見。朝子、雪子、嘉見的

---

❷帶揚：裝飾用的長絲料，調節和服、腰帶、整體氛圍。也用於遮住一些凌亂、不好看的部分。

母親千津阿姨也寄了，唯獨父親沒寄。反正父親也不會看，正確來說，父親整天尋歡作樂根本不回家，寄了也沒意義。

「所以她們才更想見您一面哪，兩位小姐也還捨不得小妹嫁人。」

「捨不得我啊……」

「夫人，羽織的綁帶飾品用水晶的可好？」

「有紫水晶的吧？用紫水晶好了。」

「您要用紫水晶？那當然也很好看啦——對了，今天老爺的袖扣和領帶夾，也是用紫水晶的嘛。」

鷹嬸眉開眼笑，鈴子對她說。

「我不是刻意要湊成一對，又沒有一起出門……」

「一起出門那該多好是吧。」

鷹嬸興沖沖地拿出紫水晶的羽織綁帶，一副很開心的模樣。鷹嬸的五官鮮明，有一雙粗眉和銅鈴大眼，肩膀又寬大厚實，看起來挺有壓迫感。鈴子小時候第一次見到她，覺得這個人有點可怕。但鷹嬸笑起來五官都皺在一起，表情又很平易近人。

鷹嬸把紫水晶的羽織綁帶放到衣櫃上，一旁還放了銀製的腰帶飾品，上頭有水紋的雕工和翡翠。該換的衣服都準備妥當了，鈴子脫下居家的服飾，穿上長襦袢❸內襯，那一件內襯的領口上，繡了一條紗羅縐綢假領，刺繡也是精美的繡球花。鷹嬸來到身後，幫鈴子披上紋紗的單衣和服。鈴子環顧室內，乖乖讓鷹嬸梳妝打扮。

鈴子被分到一間窗明几淨的臥房，淡黃色的壁紙上有秀氣的藤紋。這應該是歷代夫人專用的房間吧，孝冬的祖母和母親應該也用過。室內有西式的衣櫃和梳妝臺，這些家具和桌椅都有漂亮的花紋雕刻，線條十分優美。灰紫色的地毯上有精緻的花紋，白色的石造暖爐也帶有細緻的藤蔓雕工。

房間的布置格調高雅，看得出來用心擺設。孝冬說了，有不喜歡的東西都可以換掉無妨，鈴子選擇保持原樣。事實上，她很喜歡這個房間的布置和擺設。

鷹嬸綁好和服的腰帶，再拿一條已經穿上飾品的白色綁帶，將腰帶牢牢纏緊。之後，鷹嬸讓鈴子坐到梳妝臺，解開她的頭髮，重新梳理一遍。婚前的鈴子都是綁辮子，頂多在辮子的根部多綁條緞帶當裝飾。現在已經結婚了，也不能一直用女學生的髮型。辮子是照綁，但

❸襦袢：相當於和服的內衣。

髮辮改成盤在後頭，用髮夾固定住。

「髮飾用百合的好嗎？」

鷹嬌從梳妝臺的抽屜中，拿出了花朵造型的髮飾，有百合、薔薇和勿忘草的類型。在盤頭旁邊插上大朵的白百合，整張臉更添嬌豔華美。孝冬曾說鈴子的眼睛像死魚眼，有了白百合襯托，死魚眼也多了幾分清純可人的氣質。

「真是完美的淑女風範呢。」

鷹嬌讓鈴子站在全身鏡前，幫她披上羽織，一臉心滿意足。這一身淡紫色搭配灰紫色的裝扮，就好像梅雨季煙雨朦朧的景象。腰帶飾品上的小翡翠宛若水滴，和繡球花的綠葉相得益彰，在一片煙雨朦朧的景象中格外醒目。紫水晶的羽織綁帶，則像繡球花上的雨水。淡綠色的帶揚都塞到腰帶裡，從正面幾乎看不到，只有在鈴子躬身或坐下來時若隱若現。鷹嬌很喜歡在這種小地方用心。

「那時間也差不多了吧。」

鷹嬌看了暖爐上的時鐘一眼，忙著收拾梳子和髮夾之類的東西。

「要是找到一個幹練的侍女，就能減輕妳的負擔了……」

鈴子在瀧川家，有其他女傭幫忙梳頭和打理其他瑣事，隨侍的女傭也不止鷹嬌一人。但花菱家的夫人和千金之位空懸已久，也沒有女傭能幹這些差事。只有負責掃除洗衣的女傭，並不適合照顧夫人。在雇用新的女傭之前，只好仰賴鷹嬸一手包辦了。

「夫人。」

外頭有人敲門，是女侍長田鶴來了。鷹嬸打開房門，來者是一個四十多歲的婦女，長頸垂肩的體型，穿著絣(ㄅㄥ)織木綿和服。田鶴有一張長臉，顴骨又很明顯，眼睛小小的。她瞄了鷹嬸一眼，面無表情地對鈴子行禮。

「由良要我告訴您，車子已經備好了，請您到玄關吧。」

「知道了。」

鈴子戴上蕾絲手套，她外出時都會戴手套，用來遮住左手背上的燙傷痕跡。這一雙手套也是孝冬送的。

鷹嬸陪伴鈴子離開房間，田鶴在入口處低頭恭送，並沒有跟上來。田鶴絕不會進入鈴子的房間，也不會看房內一眼。二人走過轉角，鷹嬸趁田鶴不在的時候抱怨起來。

「那個女侍長也太不親切了。」

鷹嬸看田鶴不順眼，動輒對她有怨言。

「我問她有沒有侍女能照顧夫人，她竟然說——」

——這裡的女傭都是鄉下出身的，夫人可是侯爵家的千金之軀，我們怎麼照顧得來呢。

田鶴的說法毫不婉轉，鷹孏聽了大動肝火。也不知道田鶴是實話實說，還是故意不肯派女傭來照顧鈴子。鷹孏認為田鶴出言不遜，拐著彎嘲笑鈴子的出身。

鈴子的母親也是女傭，懷上鈴子後就離開瀧川家四處漂泊，留下年幼的鈴子去世了。鈴子長到十一歲才被接回瀧川家扶養，認祖歸宗之前都在淺草的貧民區生活。換言之，鈴子算不上真正的良家千金，多虧鷹孏的熱心教導，她現在才勉強有點樣子。也因為鈴子身世特殊，鷹孏才咬定田鶴是在挖苦鈴子。

無論如何，沒侍女可用是不爭的事實，鈴子請御子柴總管聘請新的侍女。鈴子不是一定非要侍女來照顧，大不了自己來就是了。但鷹孏不依，理由是這樣會被花菱家的下人看不起，鈴子好歹是現任當家的夫人，得讓下人認清這一點才行。因此，一開始該有的排場千萬不能馬虎，這是鷹孏的主張。

「或許還需要時間接受吧。」

鈴子說這話是要按捺鷹孏，以免鷹孏去找田鶴吵架。田鶴和鷹孏的歲數相近，鈴子問過鷹孏，是不是她們歲數相近，才互看不順眼？沒想到鷹孏聽了火冒三丈，她說自己比田鶴年輕四歲，才沒有歲數相近，後來鈴子再也不敢提年齡的話題了。

——希望我不在家的時候，她們不會吵起來啊。

鈴子憂心忡忡，在鷹繙的目送下坐車離去。

「哎呀，小鈴，一段時間沒見，妳變得好成熟喔。」

「唉唷，小雪，瞧妳說的，妳這口吻跟麻布的姑姑沒兩樣呢。」

三姊妹來到日本橋的高級餐廳，一進包廂就聊開來。鈴子和這兩位同父異母的姊姊，已經半個月沒見面了，好在她們還是一樣開朗活潑。

雪子和朝子是雙胞胎，由父親的小妾千津阿姨所生，長相沒到一模一樣的地步。雪子的面相一看就比較文靜，朝子則遺傳到母親的伶俐和剛毅，兩人同樣面貌姣好，氣質爽朗。有她們在的地方，氣氛就會變得很愉快。

「兩位姊姊，看妳們似乎過得不錯，真是太好了。」

鈴子打了聲招呼。

「亂講，才沒有這回事。小鈴妳嫁人以後，我們可寂寞了。」

「回赤坂老家也看不到妳了。」

朝子和雪子嘟著嘴巴抱怨，她們都嫁給了財閥的大少爺，但經常跑回老家玩。

「母親大人也很寂寞呢。不過，最寂寞的應該是嘉忠和嘉見吧。」

「他們氣焰全消，可落寞了呢。」

「兩位哥哥很寂寞？真的假的……」

嘉忠是已故嫡妻所生，嘉見則是千津的兒子。兩位哥哥都在公家機關任職，生性嚴謹，跟父親完全不一樣。

「改天約他們出來好了，也把母親大人找來，大家一起聚餐吧。」

「小朝，妳這樣不行啦。人家小鈴新婚，動不動就回老家成何體統啊？」

雪子勸誡朝子，朝子一臉無趣地撫摸自己的盤頭，重新調整髮簪的位置。流線型的白金髮簪做得像葉片一樣，上面還鑲有珍珠，造型相當優美。

「真漂亮的髮簪呢，朝子姊姊。」

鈴子稱讚姊姊，姊姊立刻喜笑顏開。

「多謝讚美嘍，好棒的雕工對吧。之前買的，跟小雪的是一對喔。」

鈴子觀察雪子姊姊的頭髮，果然也有同款的髮簪。

「完全一樣也沒意思，我的髮簪不用珍珠，改鑲月長石了。」

雪子轉頭秀出自己的髮簪，上頭有一塊半透明的乳白色寶石閃閃發光。這種髮簪的確是酷愛打扮的姊姊們會喜歡的風格。

「小鈴很適合花朵的髮簪呢，和服也是花朵的。小朝啊，還真被妳說對了。」

鈴子不懂這話是什麼意思，轉頭望向朝子姊姊。

「我說啊，鷹嬸一定會大費周章，讓妳全身上下花團錦簇。」

「所以我們挑沒花朵的，是正確的決定呢。」

確實，兩位姊姊身上的和服都沒有花。朝子穿的是黑、藍、白三色漸層的單衣和服，黑色的腰帶上有鸕鷀❹的刺繡，搭配一件有流水紋路的深藍色羽織，上頭還有青翠的楓葉。羽織綁帶則用銀鍊子搭配珍珠，腰帶飾品是金屬的香魚。

雪子穿的是有流水紋路的淡茶色單衣和服，配上一條有精美錦鯉的腰帶，白裡帶紅的羽織上有楓葉的紋路，下襬染成淡綠色，同樣有青翠的楓葉圖樣。羽織綁帶也用銀鍊子，但搭配的是翡翠。腰帶飾品是白珊瑚製的鯉魚。兩位姊姊的裝扮一向入時，又能看出不同的喜好，非常有趣。

---

❹鸕鷀：別名鷺鷥、川鵜、水老鴉、魚鷹、鷀、烏鬼，是一種廣泛分佈的鸕鷀屬海鳥。

「小鈴，妳的羽織綁帶用紫水晶當飾品啊。這是妳挑的對吧？鷹皤一定挑水晶的。」

「水晶看起來就只是單純的雨滴，紫水晶很像繡球花花瓣上的水珠，可愛多了。」

朝子和雪子欣賞鈴子的裝扮，忙著品頭論足，再這樣聊下去，她們可以連續聊衣服和珠寶的話題好幾個小時。好在店家把料理送來了，餐桌上擺了剛炸好的天婦羅。

「哎呀，令人食指大動呢。」

朝子和雪子的注意力都被天婦羅吸引，不再聊衣物的話題了。沙鮻、星鰻和明蝦包裹著金黃的麵衣，鈴子也看得目不轉睛。

遠在江戶時代，日本橋就有熱鬧的水產市場，每天都有龐大的商機和交易量，這點到了大正時代也沒變。在這裡容易買到新鮮的漁獲，自然也開了不少高級餐廳。大多數華族夫人和千金，只去華族會館、帝國飯店，或老字號的高級餐廳，但朝子和雪子也是美食家，並不拘泥於用餐場所的格調。這家餐廳算不上親民，卻也沒有太多高貴的講究。手頭較為闊綽的商人和高級官員，也喜歡來這裡用餐。

鈴子吃了一口沙鮻天婦羅，麵衣鬆軟可口，肉質入口即化，吃起來甘甜又有嚼勁，才吃了一口就陶醉不已。

「這裡的天婦羅很好吃吧。」

鈴子發現兩位姊姊笑咪咪地看著自己。鈴子點頭同意，兩位姊姊笑得更開心了。

「不夠吃的話盡量點，想點什麼都沒關係喔。」

「蔬菜的天婦羅也很好吃喔。」

兩位姊姊喜歡享用美食，但她們更喜歡看鈴子享用美食。順帶一提，看鈴子換上各種和服也是她們的一大樂趣。

餐盤上還有昆布裹鮮魚和清湯，每一樣都美味無比，鈴子大飽口福。

——孝冬先生知道這家店嗎？

孝冬知道很多好吃的餐廳，說不定早就來過了。如果他不知道，那就告訴他吧。

「小鈴，妳到麴町生活還習慣嗎？」

用完餐點，三姊妹喝著茶水，朝子關心起鈴子的新婚生活。所謂麴町的生活，就是指在花菱家的生活。

「嗯嗯，還習慣……」

朝子和雪子聽了妹妹的答覆，對看一眼。

「小鈴啊，妳是不是有心事？」

「我們比妳更早嫁人，算是妳的前輩，有煩惱的話說來聽聽吧。」

「也稱不上煩惱就是了……」

鈴子又不能和兩位姊姊商量下人的態度問題。因為談到這個話題，必然會牽扯出花菱家的內情。

「小鈴有煩惱，照理說會跟鷹嬸商量才對啊。」雪子提出了疑問。

「她有跟鷹嬸商量過，一定會老實告訴我們的，所以是不能跟鷹嬸商量的問題嘍？」朝子直覺敏銳，說到了重點。

「這麼說來——」

雪子和朝子的目光，都集中在鈴子身上。

「妳在煩惱鷹嬸的事情？」

兩位姊姊異口同聲，說出一樣的答案。

「呃呃……也不能這麼說。」兩位姊姊說得沒錯，但又不光是這樣。

「是不是鷹嬸跟那邊的下人處不好？」

「她個性強硬嘛，況且女傭之間本來就有不少問題。」

「怎麼說呢？」鈴子聽了朝子姊姊的說法，好奇反問原因。

「大家在同一個屋簷下工作，自然會鬧出一些麻煩事啊。有上下關係那倒還好，沒有的話可麻煩了。我和小雪小時候啊，有專屬的女傭負責照顧我們——」

「啊啊！我想起來了，好懷念喔。」

「女傭都特別疼愛自己照顧的小千金，暗地裡還互相較勁，最後吵得不可開交，祖父大人都把她們辭退了。」

「確實是這樣，那時候我好寂寞呢。」一旁的雪子也點頭稱是。

「原來啊……」鈴子愣愣地眨眼，原來女傭之間還有這樣的問題。

「對了，麻布的姑姑家，之前也有發生過糾紛不是？」

「妳說姑姑家喔？那個不一樣啦。她們家不是女傭相爭，而是管家互鬥，而且那幾名管家都是姑丈從老家帶來的家臣……」

兩位姊姊舉了一堆華族家的傭人互鬥的真實故事。

「有的家臣內鬥，甚至引發家族紛爭呢。」

「妳是說相馬子爵家那件事？他們家後來怎樣了？」

兩位姊姊提到的，是明治中期震驚社會的家族紛爭。相馬子爵家過去是小藩的大名，藩鎮老臣為了繼承人的問題，掀起了不小的波瀾。甚至牽連到外部的宮家、華族、政治家、知名官紳。更有報章雜誌煽風點火，事情鬧得一發不可收拾，後來雙方對簿公堂，那位老臣也在今年二月罹患流感病逝。

「說到家族紛爭，最近——」朝子話說到一半，看了鈴子一眼，趕緊摀住嘴巴不敢再說下去。

「怎麼了嗎？」

朝子盯著妹妹說道：「妳現在嫁人了，也沒再打聽靈異怪談了對吧？」

基於某個原因，鈴子以前會跑到各大華族家拜訪，向他們打聽靈異怪談。

「對，已經沒有了。」鈴子可沒說謊——至少現在沒有。

有鈴子掛保證，朝子才鬆了一口氣，接著說下去。換句話說，姊姊要聊的話題跟靈異事件有關吧。

「牛込區的神樂坂一帶，有棟宅子是多幡子爵家持有。妳聽過多幡子爵嗎？我記得多幡家本來是磐城那邊的大名，也不是什麼大藩啦，石高[5]才六萬石吧，那個多幡子爵家也發生過內部糾紛。其實那也很久了，應該是小鈴還沒出生的事。那時候我和小雪年紀還小，也不記得那件事。」

朝子望向雪子，尋求雪子的認同。

雪子點點頭說：「我也不記得，家裡也沒人告訴我們啊。」

「畢竟是醜聞嘛——當時子爵的兩個兒子都住在多幡家，一個是嫡妻生的兒子，另一個是小妾生的兒子，也就是庶子。嫡子是兄長的話，照理說就交給嫡子接班了，偏偏庶子的年紀比較大。所以啊，多幡家長年來都在爭論到底該給誰繼承。」

「交給嫡子才是合理的做法不是？」鈴子不解地歪著脖子。

「子爵想讓庶子繼承啊，就因為庶子比較早生。」

「是喔……」

換句話說，當家的位置到底該交給長子還是嫡子？這種繼承問題很難處理，一般家族都是當家的說了算，但華族需要舉辦親族會議，並獲得宮內大臣的認可。

「這問題就一直拖著，沒想到那個庶子碰上了詐欺事件。」

「詐欺？」

「也不是被騙財什麼的，就有壞人利用他的名義作奸犯科。當然，這也不是多罕見的事情啦。」

❺石高：幕府時代用以表示土地生產力的一種制度，舉凡稅貢、勞務、軍役等對政府的義務，皆依據石高的多寡來課徵。

華族的家名是有公信力的，利用華族家名集資和借款的詐欺時有所聞。有的華族是在不知情的情況下，被人盜用家名，也有華族主動參與其中。還有一種情況是，華族本身缺乏社會經驗，被巧妙的話術所騙，事後才發現自己成為幫凶。

「那個庶子當年好像四十多歲吧，一直過著花天酒地的生活，仗著自己受寵，以為父親一定會傳位給他，就在外面到處欠債。花天酒地那也就罷了，牽扯上詐欺事件被抖出來，他的父親也保不了他。雖免了牢獄之災，但多幡家跟他斷絕關係，把他趕出宅院。」

「多幡家不得不嚴厲處置，不然會惹火上身嘛。」

萬一沒處理好，可能連爵位都保不住。

「家族糾紛到此告一段落了，但麻煩的還在後頭。」

朝子稍微湊近鈴子，壓低聲音說道。

「庶子後來的遭遇也沒人知道，只聽說半年前他突然回到多幡家。他父親早就去世了，爵位也由嫡子繼承，庶子本人也是年過六旬的老頭子了。有一天他穿著破破爛爛的和服，跑去見子爵，想跟子爵借錢。子爵一口拒絕了，結果啊——」

說到這裡，朝子把聲音壓得更低了。

「他冷不防地衝出客廳，從檐廊跑到庭院，一頭撞死在石燈籠上呢……」

鈴子皺起眉頭，雪子也是一樣的表情。

「唉唷，小朝，不要聊這麼晦氣的事情啦。」

「不是嘛，大家聊到華族的家庭糾紛，我也是剛好想起來，才跟妳們分享的啊。話都說到一半了，不說完很不痛快嘛。」

「那故事結束了嗎？」鈴子請教姊姊。

朝子搖搖頭。「還沒呢，聽說多幡家變得很不平靜。」

鈴子眨眨眼，端詳姊姊的面孔。

「——姊姊的意思是？」

「他們家鬧鬼啦，那個庶子變成鬼在亂。都在傍晚時分現身，同樣穿著破爛的和服，一下出現在庭院，一下又跑到檐廊邊，用力打開拉門大喊——」

還來！

「……而且是滿腔怒火的那種嘶吼。這種靈異現象每天發生，子爵也一病不起，與世長辭了。不過，子爵死後照樣鬧鬼，子爵的兒子決定賣掉宅院，只是大家聽說房子鬧鬼，也沒人敢買。」

朝子喝了一口茶，代表故事說完了。鈴子則沉思了一會兒。

「那句『還來』是什麼意思呢？是要多幡家的人還他那棟宅子，還是爵位呢？」鈴子請教朝子。

「這就不曉得了。」朝子對於已經結束的話題不感興趣，答話也是意興闌珊。

「我說小鈴啊，不要熱衷這種話題啦。」

雪子勸誡妹妹，鈴子在姊姊面前也沒繼續追問下去。

「總之，都是家族糾紛鬧出來的，家大業大也很麻煩哪。」朝子下了一個結論。

三人離開餐廳，準備搭上各自的車子回去。

朝子對鈴子說：「鷹嬸的事若處理不來，儘管跟我們商量別客氣。」

「商量其他事也行喔。鷹嬸她應該是不會讓人操心啦。」

雪子也附和朝子，對小妹溫柔一笑。

「謝謝妳們，朝子姊姊、雪子姊姊。」

兩位姊姊沒有深究原因，卻肯力挺小妹，鈴子衷心感謝兩位姊姊。不光兩位姊姊如此，千津阿姨、嘉忠哥哥、嘉見哥哥也都是鈴子的靠山。有這些值得信賴的人，帶給鈴子很大的安心感。

鈴子坐上車子後座，回去麴町的花菱家。她打開車窗眺望外頭的景色，心裡想著孝冬的家人，以及跟他有關的人事物。

車子開在外濠沿岸的路面電車大道上。昨晚下了一場雨，泥濘的地面留下了幾道車子經過的痕跡，隨處可見大片水窪。車身一定也被飛濺的泥水弄髒了吧，行人都避開車子，以免被泥水噴濺。

鈴子一抬頭，紅磚砌成的東京車站在藍天白雲下十分耀眼。開過橋梁就是「一丁倫敦」區，可以看到三菱一號館和其他磚牆建築，這一帶在麴町區的東側，宮城坐落在兩者之間。車子開過內濠的外圍，朝麴町區的西面行進。窗外傳來護城河的河水味，以及綠意盎然的初夏氣息。

車子放慢速度，爬上高級住宅區的坡道，一開上台地就有一種遠離市井，來到名流社區的感覺。道路兩旁都是高牆，一路上很安靜，也沒幾個人影，頂多偶有小販路過。賣風鈴的路過，就會聽到小販挑著的各式風鈴，發出清朗悅耳的聲音。還有賣冰品的小販沿路叫賣，鈴子一聽到叫賣聲就很想吃冰。

路邊小販賣的冰品純粹是便宜的點心，比不上銀座資生堂賣的高級冰淇淋，但有時還是會引起鈴子的食慾。她想著，也差不多該跟賣花卉的小販，買幾株花卉了。可惜，賣花卉的小販都是一大早出門叫賣，中午前就做完生意了，附近也看不到賣花卉的小販。

像那種小販都有老主顧，每到這個季節就跑來有錢人家推銷，不曉得花菱家有沒有跟固定的小販買花，改天問問孝冬好了——鈴子轉念又想，不對，這種事情應該問田鶴等人比較快吧。

——他們願意告訴我嗎？

鈴子想起田鶴的表情，接著又想起鷹孀。那兩個人外貌差異很大，鈴子卻在她們身上感受到一樣的特質。

——鷹孀會拿捏好分寸吧。

鷹孀當女傭也不是一、兩天的事了，應該不要緊的。

鈴子一回到家，才發現自己的想法太天真了。

門衛打開大門，車子開進花菱家的腹地，在玄關前停了下來。平常都會出門相迎的由良居然不在，鈴子感到很意外。

「由良老弟不在，怎麼搞的。」司機也犯嘀咕，下車幫鈴子開門。這位司機叫宇佐見，是一名年過四十的中年男性，長得慈眉善目，實際上也很好相處。

鈴子一下車，就聽到宅子裡傳來巨大的碰撞聲，好像是椅子撞倒的聲音。

「……出什麼事了？」

「後邊傳來的吧，我去看看。夫人，您先回房吧。」

傭人房都在宅子的後邊，宇佐見打開大門讓鈴子入內，自己跑到後邊去瞧個究竟。鈴子脫下草屐換上室內鞋，由良才急急忙忙趕來。看他難得慌張，衣領也亂糟糟的。

「真的非常抱歉，夫人。」

「在吵什麼呢，難不成有人吵架大打出手？」

鈴子面無表情詢問由良，由良一時語塞。鈴子原本只是開玩笑，沒想到真猜中了。

「哎呀，難不成——真讓我說中了？」

「呃呃，這……」由良面色凝重，支吾其詞，他很少有這樣的反應。

「是田鶴女士和夫人的侍女吵起來了。」

一向罕有表情的鈴子，也露出了驚訝的表情。

「鷹孀跟人吵架？不會吧。」

「兩人因為一些細故發生口角……最後愈演愈烈。」

「細故？」

「是，其他女傭叫我去調停，我也是中途才介入的，並不清楚原因。」

鷹嬸和田鶴都不是小孩子了，一把年紀的人會大打出手，想必不是小事情吧。

「她們還在吵嗎？」

「沒有，已經冷靜下來了，御子柴先生正在訓斥她們。」

「這樣啊……」

鈴子想了一下。「御子柴訓完話，叫她們兩個來我房間一趟。啊啊——不對，來會客室好了，叫她們來會客室見我。」

「遵命。」由良略顯困惑，但依然低頭領命。

鈴子先回房間，換上居家用的服飾。出門前脫下來的居家服，就掛在衣架上，那是一件青瓷色的梳毛紗單衣和服，有白色和淡藍色的格子花紋。梳毛紗算是比較薄的毛織品，光滑又筆挺，質地輕巧耐用，穿起來相當舒適，而且比夏季的單衣更加保暖，在氣候不穩定的季節轉換期很好用。這一套和服遠看是淡綠色的，近看又有明顯的格子紋路，兼具柔和與清朗的風采，鈴子很喜歡，腰帶則是白色的單衣帶。

鈴子俐落換完裝，前往一樓玄關附近的會客室。花菱家的會客室採用暗紅色的色調，家具用的都是桃花心木，給人一種氣派的印象。地毯和窗簾上都有藤蔓的紋路，顏色也是幾近黑色的暗紅色。椅子用的是天鵝絨布料，摸起來細緻又柔軟。灰泥砌成的天花板上，更有葡萄的浮雕，以及玻璃燈罩的照明設備。窗簾和窗戶都是開著的，外頭的陽光也照進室內，但仍有陰暗的感覺。

本來已經就座的鈴子，又起身打開房門，室內通風變好，也少了幾分陰暗的氣息。正當她坐下來喘口氣，就聽到幾個腳步聲接近會客室，田鶴和鷹嬸都來到了門外。

「都進來。」

鈴子叫她們進房，二人悄悄走進房裡，都是一臉尷尬。

「吵架的原因呢？」

「跟我有關？」

鈴子直截了當質問二人，田鶴和鷹嬸站在鈴子面前，都在等對方開口解釋。

這話一說出口，她們的眼神都動搖了。其實鈴子也猜到原因了，鷹嬸不可能為了其他事情吵架。一定是田鶴講了什麼冒犯鈴子的事情，鷹嬸聽不下去，才出言斥責吧。

「大致情況我了解了，就這樣吧。」

二人都疑惑地看著鈴子。

「您的意思是……」田鶴怯生生地開口了。

「反正知道詳細內容，只會讓我不愉快對吧，細節我就不追究了。況且管理妳們是御子柴的職責，我的意思是這件事我沒什麼好說的。妳也不需要跟我道歉，妳道不道歉都跟我沒關係。」

鈴子冷靜地表明立場。田鶴臉色發青，目不轉睛地看著鈴子，似乎想看出鈴子的真意。鈴子是在劃清界線，劃清雇主和傭人的立場分界。

鈴子總覺得雇主和傭人的關係很複雜。雙方不能太過親密，又不能不聞不問——至少在花菱家是這樣。

「田鶴，我找妳來是有其他事要問妳。」

「……請夫人明示。」

「妳是上一代花菱男爵夫人的侍女對吧？夫人結婚之前就隨侍在側了？」

田鶴一臉驚訝。

所謂「上一代花菱男爵夫人」，指的是孝冬的母親。上一代的當家是孝冬的哥哥，但孝冬的哥哥並未結婚。

「是御子柴先生告訴您的嗎？」

「我要是問過他了，又何必問妳？」

田鶴無言以對，似乎在鈴子面前抬不起頭來。

鈴子的猜測其實並無依據，她只是認為田鶴和鷹孀有不少相似之處，才產生了這樣的聯想。更何況——

「妳從來不肯進我的房間，連看都不看一眼，因為那是上一代夫人的房間對嗎？」

孝冬的母親和丈夫一起投水自盡，對田鶴來說想必是莫大的打擊。

「……上一代夫人她，是淡路島的名門千金……」

田鶴終於答話了，但嗓音低沉又哀怨，宛若凝重的烏雲。田鶴低著頭，似乎也沒打算多說什麼了。

「是嗎？」

鈴子望向窗外，柔和的天光穿透蕾絲製的窗簾，隔著窗簾能看到庭院的綠意。可能是陽光照射的角度不好吧，戶外十分明亮，室內卻依舊陰暗——不，應該說是冷清吧。這座宅子的裝飾極盡奢華，卻總給人一種空蕩冷清的感覺，也不曉得為什麼。

「這座宅子裡，都沒有照片或肖像畫呢。」鈴子喃喃自語，只見田鶴低著頭，眼神難掩落寞。

鈴子想起葉山的別墅中，有孝冬和他養父母的照片。別墅裡有的，這裡一樣也沒有。

「田鶴，沒妳的事了，下去吧。」

該說的都說完了，田鶴向鈴子行禮，轉身朝門口走去。瞧她背影有些落寞，大概是想起孝冬的母親了吧，鈴子又對她說。

「希望有一天，能聽妳聊一聊妳服侍的那位夫人，等妳想說再告訴我吧。」

田鶴停下腳步，站在原地好一會兒。她緩緩轉過身來，對鈴子深深一鞠躬，之後快步離開會客室。

「回房吧。」

鈴子也不多話，起身就朝門外走去。鷹嫱追在後面，叫了一聲夫人。

「夫人，我對不起您。」

鈴子一手放在樓梯扶手上，回頭對鷹嫱說：「妳一定是為了我才動怒罵人，這我怎麼會不知道呢。」

語畢，鈴子繼續爬上樓梯。

「哎呀，夫人……想不到您變得這麼成熟懂事啦。」

鷹嫱一副很感動的模樣，鈴子看了有些想笑。

「我變得成熟懂事，那也是妳指導有方啊，褒一下妳自己吧。」

「喔！這麼說也沒錯，我真是指導有方呢。」

鈴子被鷹嬸逗笑了。

當天傍晚，孝冬天還沒黑就回家了。鈴子有些意外，打從她搬來麴町生活，孝冬都是天黑才回家的。

「你今天回來得真早。」

鈴子聽到車子開回來的聲音，就離開房間下樓相迎，正巧碰到孝冬。

「有時候比較早回來，每天都不一定。」

孝冬脫下西裝外套拎在手上，或許是天氣熱的關係吧。

「我在橫濱買了點心，要嘗嘗嗎？等會兒由良就把茶水和點心送來了。」

鈴子順著孝冬的意思，前往他的房間。孝冬有他自己的房間和辦公室，夫妻倆還有另外的臥房。孝冬的房間牆壁是淡綠色的，地毯則是鐵灰色，窗簾和椅子的布料，採用深綠和暗綠的色調。家具之類的擺設比鈴子的房間樸素許多，暖爐也是用黑色的石材打造而成，風格粗獷厚重。

鈴子坐在深綠色的天鵝絨座椅上，由良果真跟孝冬說的一樣，沒一會兒就端來托盤。桌上放的是煎茶和三角形的西式點心，用蜂蜜蛋糕夾著羊羹的點心。

「是『西伯利亞蛋糕❻』對吧？」

「妳喜歡嗎？」

「喜歡哪。」鈴子點點頭。她在瀧川家生活的時候，千津阿姨也很喜歡這種蛋糕，下午茶常吃西伯利亞蛋糕。而且她們還比較過不同店家的口味，這一家的西伯利亞蛋糕，淡黃色的蜂蜜蛋糕和水嫩的羊羹都很紮實。鈴子用附帶的小叉子切開蛋糕，吃了一小塊。蜂蜜蛋糕綿密柔軟，羊羹幾乎是入口即化——這是水羊羹吧。蜂蜜蛋糕和水羊羹完美結合在一起，口中有股柔和不膩的甘甜滋味。

「妳喜歡真是太好了。」

鈴子默默享用點心，她吃到一半抬起頭，發現孝冬笑咪咪地看著自己。鈴子不懂，怎麼孝冬和同父異母的姊姊們一樣，都用這種表情看她吃東西呢。

「好吃，味道很不錯。」

「那我的分妳也拿去吃沒關係。」

孝冬把自己的那一份拿給鈴子，鈴子搖頭拒絕了。這個人到底以為她多貪吃啊？

「吃太多晚餐就吃不下了。」

吃不下應該事先告訴廚師，否則食物就浪費掉了。孝冬聽了鈴子的話語，忍不住笑了。

「那我來嘗嘗吧。」

「你也吃看看。」

孝冬將點心切成大塊，沒幾口就全吃光了，每一口的分量比鈴子大多了。

「你吃這麼快，吃得出味道嗎？」

孝冬正要喝茶，輕笑一聲。「呵，吃得出來啊。」

孝冬喝了一口茶，接著說道：「妳都會細細品嘗味道對吧。」

「你怎麼知道？」

「這還用說嗎，看表情就知道了啊。」

「表情……」

這就是孝冬和兩位姊姊，喜歡看鈴子吃東西的原因嗎？

「今天妳跟兩位姊姊去吃飯了吧？好吃嗎？」

「嗯嗯，很好吃。」

---

❻西伯利亞蛋糕：出現在明治末年至大正初期的日式點心。

鈴子不假思索，給了一個肯定的答覆，孝冬聽了很開心。

「那就好。」

「你知道嗎，日本橋有一家——」

鈴子說出那家餐廳的名字，孝冬歪著頭說道：「那家店我沒去過呢。」

聽到孝冬的回話，鈴子有些得意。

「那家店的天婦羅非常好吃，你一定要去嘗嘗。」

鈴子建議孝冬去嘗鮮。

「那下次放假，妳陪我一起去吃吧。」

「禮拜天嗎？」

「對，妳有其他安排嗎？」

「沒有。」

鈴子只是剛好想到，蜜月旅行後他們就沒有一起出過門了。不知怎麼搞的，心裡有種飄飄然的感覺。

「那真是太好了。從葉山回來以後，我就沒時間好好陪妳。難得有這機會，要不要去其他地方走走，好比堀切的菖蒲園……」

「那你就沒法好好休息啦，而且可能會下雨呢。」

「喔對，梅雨季快到了。鈴子小姐，妳討厭下雨嗎？」

「是不會，但地面泥濘，不好走吧。」

晴天也有晴天的困擾，晴天時街道上滿是塵埃，因此才需要灑水夫在街上灑水，防止塵埃飛舞。

「也對，那禮拜天我們去吃飯就好。」

孝冬心情不錯，臉上始終保持笑容，而且不是他們初遇時那種皮笑肉不笑的表情。但一直看著孝冬俊朗的笑容，總會撥動鈴子的心弦。

「你笑什麼呢？」

孝冬一聽，用手摀住自己嘴巴反問：「我有笑嗎？」

「你一直在笑啊。」

「不好意思。哎呀，很久沒有這樣跟妳好好聊一聊了，挺開心的。」

——只是聊聊天而已啊……

想是這樣想，但孝冬現在的表情毫無戒心，顯然他是真的很放鬆吧。轉念及此，鈴子也安心不少，她不知道該如何說明自己的感情，至少不是討厭的情緒。有點像在撫慰小孩或病人的感覺，可是又略有不同。

──鈴子小姐，我希望妳也喜歡上我，這個願望是否太奢侈了呢？

孝冬對鈴子說過這樣的話。

鈴子並不討厭孝冬，甚至對他挺有好感。

──我希望妳喜歡上我，對我一往情深。

當時孝冬還說了這麼一句話。他們都已經結為夫妻了，孝冬卻希望有戀人般的互動，這讓鈴子感到困惑。一往情深，到底是怎樣的感情呢？鈴子不懂。

既然這是孝冬的期望，鈴子也願意努力達成他的要求。偏偏她不了解那種感情，沒辦法用腦袋想出一個答案。

「對了，鈴子小姐。」

孝冬突然起身說道：「有一樣東西要請妳過目才行。」

孝冬到牆邊打開桌子的抽屜，拿出一張紙，回到自己的座位上。

「這是什麼呢？」

孝冬把紙張遞給鈴子，鈴子拿到後看了一下，上面以工整的字跡寫下了一長串的人名，還有「伯爵」和「男爵」之類的稱號，這是華族的名冊。

「我答應過妳，要幫妳找到使用『松印』的華族，調查才剛起步就是了。」

「咦……」鈴子驚訝地抬起頭。

「你已經在查了——」

「我不希望妳覺得我是一個不守信用的人嘛。」

「天啊，這都是你一個人查出來的……動作也太快，你很忙碌不是嗎？」

「我來查比較容易啊，我可以動用人脈四處打探消息，就說要找一些生意上的參考資料就行了——比方說，我想做一款以『松』為主題的男用薰香，想要參考使用『松印』的華族——用這種說法，大家也不會懷疑什麼，查起來非常順利。畢竟大部分華族也不懂得經商的門道。」

話雖如此，要一邊工作一邊調查，肯定不輕鬆吧，紙上寫了三十多個名字。

「……真的很感謝你，是不是增加你的負擔了？」

「不會，沒什麼啦。」

孝冬若無其事地笑了，鈴子既感激又心疼。

「使用松印的人果然不少呢，有些家族連續兩代當家都使用松印。啊啊！當年旅居海外和年事已高不可能犯罪的，我都事先剔除了，應該不礙事吧？」

「不礙事。」

鈴子點點頭，看著孝冬給的名單。上面記載的都是使用「松印」的華族——所謂的印是華族的代稱，主要是避免直呼名諱，或直接寫出名諱。一般都是用松梅這類的字眼。鈴子用的是花印，鷹嬸有時也會稱她「花印大人」。

鈴子在找使用「松印」的華族。她小時候在淺草貧民區，曾和幾個沒有血緣關係的人一起生活，那些人跟她情同家族，卻被使用「松印」的華族殘忍殺害了，這便是鈴子要找到對方的原因。

鈴子過去拜訪各大華族，名義上是要蒐集靈異怪談，實際上是想找出使用松印的人。孝冬答應鈴子要幫她的忙。

鈴子逐一比對紙張上的名字，赫然一驚，有個名字叫「花菱實秋」，這是——

「已故的人只要當年沒死，我都有保留下來。」

花菱實秋是孝冬的哥哥，用的也是「松印」。孝冬對鈴子提過，這件事困擾他好久，他擔心自家大哥就是殺人凶手。

然而，初步調查就已經查出這麼多使用「松印」的華族，孝冬的大哥應該不太可能是殺人凶手。當然，這也許是鈴子的一廂情願……

「正確的人數我也不敢肯定，華族的當家大約有九百三十人，他們的家眷不下六千人。撇開新興華族這一類不使用印的華族，要掌握確切的松印人數也不容易。再者，究竟哪一個是我們要找的松印，這要一個一個查下去，恐怕沒完沒了。」

孝冬雙手環胸，冷靜陳述現實問題。

「因此，我們應該思考如何縮小調查範圍。」

「縮小調查範圍……？」

鈴子想了一下。「你是說，從不同的角度查出凶手的身分是嗎？」

孝冬點頭同意鈴子的說法。

「沒錯，從不同的角度去查。我們不妨思考——凶手殺害銀六先生、丁姨和虎吉爺爺的理由是什麼。有一點讓我很在意，銀六先生以前替華族工作是吧？而且地位還不低。這種人竟然會流落到淺草貧民區，他有告訴妳原因嗎？」

「沒有。」鈴子搖搖頭。

銀六叔叔他——不太談論自己的過去，其他人也是如此。鈴子也不知道銀六以前在哪一個華族家當差，過去銀六的談話中，有隱藏什麼線索嗎？

「不然，我們查查『銀六』這個名字吧。是說，也不知道那是不是本名，妳也不知道他的姓氏對吧？」

「嗯嗯……」

「我知道這要求對妳來說很痛苦，但麻煩妳有空回想一下往事，說不定會在某個節骨眼上想起來。」

鈴子答應了。回憶往事總伴隨著椎心之痛，所以她一直不願想起，但真要找出凶手的話不能這樣拖下去。

「還有一件事，鈴子小姐。請妳不要再用蒐集怪談的名義，去查探松印華族了。」

孝冬是用吩咐的語氣，不帶商量的餘地。鈴子觀察孝冬的表情，孝冬以非常嚴肅的表情凝視著她。

「我現在沒有啊……」

「那是『現在沒有』，之後妳打算繼續查探對吧？」

確實，鈴子是這個打算。等習慣這裡的生活，她想繼續拜訪其他華族。

「……是我說要找到松印華族的，你只是幫助我的人，這主要是我個人的問題啊。」

「這跟主體客體是誰沒關係。鈴子小姐，聽好嘍，我還考慮到另一種可能性。」

「另一種可能性？」

「殺害銀六等人的凶手，真正要的不是他們的性命。」

鈴子聽出了孝冬的言外之意，臉色都發青了。

「……凶手的目標是我？」

「目前還不確定原因，但凶手極有可能要取妳的性命。除非凶手已經去世了，不然妳四處去打探松印太危險了。」

「……」

這也是鈴子始終在思考的問題，銀六他們被殺的原因究竟是什麼？是與人結怨，還是跟他們的過去有關呢？難不成——自己才是原因？鈴子也想過這個可能性。比方說，他們當初做的千里眼生意，招惹到了不該招惹的人。

「這件事跟『千里眼少女』可能有關嗎……」

鈴子喃喃道出這個可能性。過去鈴子在淺草貧民區，就是靠著「千里眼少女」的名聲混飯吃的，擁有陰陽眼的鈴子，會幫人占卜或尋找失物。也不是多了不起的神通，總之做的是這種生意。

「可能有關，也可能無關，這當然都要考慮。不管怎麼說，妳調查這件事太危險，請交給我來就好。」

鈴子盯著松印華族的名單，內心百感交集。

「鈴子小姐？不好意思，讓妳不高興了是吧？」

「沒有，我只是在想事情——」

鈴子眼睛一亮，重新看了一遍名單。

「怎麼了嗎？」

「沒事，只是上面有一個我今天聽到的華族……」

名單上記載著——「多幡清久」。朝子姊姊今天提到的家族，正是多幡家。鈴子把多幡家鬧鬼的事告訴孝冬，包括多幡家的內部糾紛，以及庶子自殺後每天現身作祟的事都說了。

「原來還有這回事。他們沒來找我，是不打算作法驅邪是嗎？」

孝冬的身分是神職華族，常有華族偷偷找他作法驅邪，有的華族家中鬧鬼或沖煞，又不願被外人知道，就會跑來找孝冬幫忙。而孝冬也需要鬼魂來餵養淡路之君，淡路之君吃鬼也有偏好，並非來者不拒。

「也許多幡家過一陣子就會找上我了，到時候我再打探一下。但這位多幡清久是已故的當家，也就是故事中的嫡子對吧，可惜沒法向故人打探消息啊。」

——孝冬說完這話的隔天，多幡家真的找上他了。

一大早起來，孝冬說很久沒看鈴子穿洋裝了，鈴子便換上了洋裝。那套洋裝上有白色蕾絲大領，洋裝是帶點灰亮的淡綠色，呈現出一種很獨特的色調，就好像朝霧中的森林一樣。尺寸做得比較貼身，腰身下面還有細微的褶紋。

孝冬的領帶和身上的飾品，都是鈴子挑的。鈴子挑了一條灰綠色的領帶，配上翡翠的領帶夾和袖扣，孝冬身上的西裝則是淡灰色的。

「你的衣物都沒什麼顏色呢。」

鈴子幫孝冬裝上袖扣，有感而發。

「男性的衣物都這樣的啊。」

「好歹領帶用一些不同的顏色吧？」

「那下次買的時候，妳幫我挑。」

「幫你挑是沒關係……你喜歡什麼顏色？」

「我沒有特別喜歡的顏色，就挑妳喜歡的顏色就好，這樣我也開心。」

「幫人家挑東西，最怕聽到的就是這種說法。」

孝冬愉快地笑了。

兩人跟平常一樣焚完香，共進早餐後，孝冬就出門了。

「我今天也會比較早回來。」臨行前，孝冬還留下了這句話。

午後，鈴子聽到車子開入大門的聲音。孝冬說今天會提早回來，但這也太早了。鈴子離開房間下樓查看，走進玄關的人並不是孝冬。來客是一名五短身材的男性，打扮得挺貴氣，年紀大約二十五到三十歲左右，正在跟御子柴談話。

「請問男爵幾點回來呢？」

「確切的時間在下也不敢肯定，大概晚上才會回來……多幡大人，要不在下幫您轉達來意，改天──」

「這可麻煩了，我有急事要拜託男爵呢。」

──御子柴稱他「多幡」？

男子注意到樓梯上的鈴子，眼睛睜得老大。

「咦……啊！妳是男爵夫人嗎？聽說最近花菱男爵結婚了是吧……」

鈴子走下樓梯，對御子柴提問。

「這位是？」

「是多幡清充大人，已故多幡子爵的長子。」

已故子爵的長子，照理說也繼承爵位了，應該稱呼多幡子爵才對。但御子柴沒稱呼對方子爵，代表他還沒繼承爵位吧。鈴子心有疑慮，卻也沒有表現出來。

鈴子轉身面對男子——多幡清充。清充身材矮小，體格倒是相當厚實，七三分的髮型梳得很整齊，額頭寬廣方正，水靈的大眼睛上還戴著一副眼鏡。都已經是成年人了，眼神卻像個少年一樣。身上穿著麻料的西裝，配上一條不怎麼好看的茶紅色領帶，一看就是個飽讀詩書的華族少爺，不太懂人情世故。奇怪的是，他手上還拎著一個勞工在用的公事包。

「我是花菱鈴子，不知多幡大人有何要事？」

清充愣愣地望著鈴子，聽了鈴子的話才回過神來，連忙拿出手帕擦拭額頭的汗水。

「是的，呃呃……關於這件事呢，其實我有事要拜託花菱男爵。」清充答話吞吞吐吐。

「是要拜託他驅邪對嗎？」

鈴子開門見山，清充的大眼睛又張得更大了。一個無關緊要的念頭在鈴子心中浮現，這人的睫毛也太長了。

「妳、妳怎麼知道？」

「華族來找我丈夫幫忙，也沒其他可能性了。」

「這樣啊……」清充頻繁眨眼。

「您有什麼困難先告訴我吧，我再幫您轉達。」

「咦！可以嗎？」

清充喜出望外，御子柴則是瞄了鈴子一眼。鈴子也看著御子柴，要他找由良前來。

「請。」鈴子帶領清充前往會客室，門並沒有關上。沒一會兒工夫，由良來了。

「這裡有紙筆嗎？」鈴子向由良要紙筆，由良走到牆邊的小桌子，從抽屜裡拿出便條紙和鉛筆。

「你就用紙筆記下多幡先生說的話吧。」

鈴子不介意自己做筆記，但跟男性獨處會引來不必要的誤會。她事先打開房門，也是避嫌之舉。

鈴子坐到清充對面，女傭把茶水送來了。清充喝茶潤喉，長吁了一口氣，心情似乎比較平靜了。

「因為穿洋裝的婦女很少見，我才不小心盯著猛瞧，真是失禮了。」

清充害臊地抓抓腦袋。

「而且，夫人妳長得太漂亮了，驚為天人啊……你們『薰英堂』的廣告上，不是畫了一尊女神嗎？夫人的美貌簡直不遑多讓。哎呀，我真開了眼界，實在太美了。」

想不到這人還挺滑頭的。由良生性嚴謹，可能會連剛才那番話都記錄下來，鈴子特別囑咐他，剛才的客套話不用記下沒關係。

「請說說您要驅邪的理由吧。」鈴子也不陪笑，直接切入正題。

清充正襟危坐，清了清嗓子說道：「呃呃……是這樣的。我想請男爵幫忙，主要是我們多幡家的宅子出了點問題。」

「多幡先生的宅子……我記得是在牛込區的神樂坂一帶對吧？」

「對！沒錯，原來夫人妳知道啊，我目前不住那裡就是了。」

「您不住那裡？那麼是誰住那棟宅子呢？」

「也沒人住，目前是空屋。因為房子鬧鬼，我們不堪其擾啊。」

清充兩手放在膝頭上，嘆了一口氣，眉毛也皺成八字眉，顯得很困擾的模樣。

「這作亂的鬼魂是我大伯，也就是我父親的大哥，同父異母的大哥。這件事說起來就比較複雜了……」

清充偷偷觀察鈴子的表情，看鈴子知不知道多幡家的內部糾紛。鈴子故意裝蒜，還反問他是怎麼一回事。

「呃呃……這個，就……我大伯是庶子，是我祖父的小妾生下來的。家父是嫡子，但長子是大伯，對於誰該繼承爵位一事，多幡一族有段時間無法取得共識。後來大伯行為不檢點，被祖父逐出家門了。」

大伯涉及詐欺一事，清充只用一句「不檢點」帶過。

「不過，祖父一直很疼大伯……他也不忍心看大伯身無分文在外受苦，所以就在麻布的下町地區，給他弄了一間房子，每個月還有一些零用金。」

清充面色凝重地說道：「壞就壞在這裡，大伯被逐出家門後，還偷偷跟祖父拿錢，成天遊手好閒，也沒個正經的差事。其實不用想也該知道，哪一天祖父不在了，這種日子就過不下去了。偏偏那種人就是不會想，祖父去世後，家父當然就沒拿錢給大伯了。大伯不時跑來要錢，都被家父趕跑……只是，家中的總管有偷偷接濟他，金額不多就是了。

大伯就用那點錢勉強餬口，聽說日子過得很清苦，沒錢去工作不就得了？但他完全沒有工作的念頭。或許他覺得自己本來是要當子爵的人，擺脫不了那種心境吧，還表現得跟華族一樣。」

清充一談到大伯便愁眉不展，純真的眼神也蒙上了陰影。他喝了一口茶，悄然說道。

「不過，大伯已經去世了。」

清充眨眨眼睛，眼神恢復了原有的清澄。

「大概是他業障太重，才會那樣結束人生吧。」

清充提到大伯去世，卻很猶豫該不該接著說下去。

鈴子對他的反應感到不解，清充困擾地說道：「呃呃，在夫人這樣氣質出眾的貴婦面前，我真不好意思說出大伯的死法……」

「別介意，我只是個傳話的罷了。」

「那好吧……有一天，我大伯照樣來要錢，家父有請他進門歇息，但拒絕了經濟上的援助。大伯盛怒之下衝到庭院，一頭撞死在石燈籠上。我人不在現場，詳細情況是聽傭人說的……石燈籠上到現在都還有血跡。」

清充說到這裡臉都綠了。

「家人找醫生和警察來，對外的說法是大伯不小心撞到石燈籠。大伯的遺體我們有好好火化安葬，該念的經也沒少念，也有讓他入祖墳。不管他生前做過什麼，人死為大嘛。沒想到——大伯還是陰魂不散哪。」

清充的語氣開始顫抖。

「每到黃昏時分，大伯的魂魄就出現在庭院，打開和室的拉門。而且啊，那個開門的力道很猛烈，然後一臉憤恨對著室內大喊『還來』，也不知道他要我們還什麼。喊完後過一會兒就消失了，隔天傍晚又來鬧，每天都這樣。

家父身子本來就不太好——繼承權糾紛對他的健康也大有影響，後來家父一病不起，某天早上就一命嗚呼了。推測可能是心臟病發作，至於是不是大伯作祟導致的就不得而知了。家中傭人都很害怕，也辭到沒幾個人了。家母早早就去世了，我本人也住在芝區，就想趁這機會賣掉牛込的宅子——」

「您要賣掉宅子……這樣好嗎？」

鈴子想起來，朝子姊姊有提過這個傳聞。朝子說，多幡家想要出售自家宅院，無奈鬧鬼一事傳得人盡皆知，沒有人敢買。

清充苦笑道：「其實就算沒鬧鬼，我也打算到我這一代就賣掉祖上的宅子。說來慚愧，多幡家的家境並不富裕，一部分是我祖父縱容大伯，敗掉了不少基業。但最主要的原因是，我們家本來就沒多少資產，不像前田家或島津家那些舊世代的大名，有龐大的資產。

據說多幡家過去在自家領地上有開採石英——啊！石英說穿了就是水晶啦。可惜現在礦山也無礦可採了，多幡家到我父親這一代，就已經捉襟見肘了。我們保持不住華族的體面了，因此我也不打算辦理繼承爵位。」

鈴子大感意外，卻忍住沒有表現出來，一時間也不曉得該怎麼接話。清充的意思是，他打算放棄爵位。

「當然親戚都表示反對，我還在想辦法說服他們……但老人家聽不進我說的話，好在赤峯伯爵人很親切，耐心講道理給他們聽。夫人知道赤峯伯爵嗎？」

鈴子搖頭回答不認識，這個名字她只略有耳聞。

清充解釋道：「赤峯伯爵是研究會的大人物喔。」所謂的研究會，就是貴族院議員的其中一個政治派系。

「赤峯伯爵人很好，對於我不肯繼承爵位也表示諒解，跟那些頑固的親戚完全不一樣。親戚也看不慣我去外面工作，他們認為那不是子爵該幹的事情，我就說啦，我本來就不想繼承爵位嘛。」清充抱怨了幾句。

「您有在工作？」

「對，我在京橋的公司上班。」

清充神采奕奕，語氣也有些驕傲。鈴子算是聽明白了。清充既不在公家機構任職，也不是大老闆，而是在一般民間企業工作，這樣的華族大概十分罕見吧。

「我在出版業工作。啊！不嫌棄的話送妳一本樣書，我平時都帶好幾本在身上。」

清充拿起椅子上的公事包。鈴子剛才很好奇，怎麼清充拿的包包那麼像公事包，原來他真的是在外辦公的人。

清充拿一本厚厚的書給鈴子，鈴子不得已收下了。封面上有個斗大的標題，寫著《精神療法之實踐》，是「鴻心靈學會出版部」發行的，看樣子「鴻心靈學會出版部」就是清充任職的公司吧。

光看標題，鈴子也猜不出是什麼內容。可能是醫學方面的書吧，封底中央有一個鳥紋，有點像雁，不曉得是家紋還是公司的標記。鈴子翻回封面端詳標題，清充得意洋洋地解釋精神療法，鈴子將書本放到桌子上。

「精神療法的話題暫且擱下無妨。多幡大人，您來的時候說『有急事相求』，可是按照您剛才的說法，您並沒有住在那棟宅子裡，是有什麼危險必須盡快處理嗎？」

「這，是沒有危險啦——只是既然要賣，就得驅邪才行。」清充本來湊近鈴子，這會兒又恢復正襟危坐的姿勢。

「意思是您找到買家了？」

「對對，就是這麼一回事。因為宅子鬧鬼，遲遲找不到買家。呃呃……其實也不是真的找不到買家。我曾經跟鴻先生抱怨過家裡鬧鬼，還有那些親戚的事情——啊！鴻先生就是我任職的『鴻心靈學會出版部』的負責人，鴻先生看我這樣不是辦法，就想買下那棟宅子，作為鴻心靈學會的用地。」

這個「鴻心靈學會」的資金也太充裕了，竟然出於同情心買下一棟鬧鬼的宅子。

清充大概察覺到鈴子的疑慮，又做了一番說明。

「鴻先生是生意人，也有經手紡織和金融業的生意，而且他祖上的家業也是神職——啊啊！跟花菱男爵有點像呢。當然了，鴻先生的年紀大多了。」

還有一點，孝冬可沒辦什麼莫名其妙的學會。

「……您要把宅子賣給那位先生，才急著找人驅邪是嗎？」

「對，就是這樣。鴻先生說他不在意有沒有鬧鬼，可是交屋的時候，總不能連不乾淨的東西也一起交給人家吧。」

清充尋求鈴子的認同，鈴子不置可否。鈴子不清楚心靈學會是在幹什麼的，但跟靈有關的學會，應該是不怕鬼吧。

「所以啊，我才希望盡快驅邪，夫人妳看行嗎？」

「行不行要看我丈夫怎麼說。」

鈴子話一說完，聽到屋外有車子的聲音。

——孝冬回來了嗎？

鈴子立刻起身瞧個究竟，她也不顧清充訝異的反應，直接起身走向會客室入口。鈴子聽到玄關門打開的聲音，以及御子柴和孝冬的交談聲。鈴子還沒出會客室，孝冬就已經先抵達會客室了，腳程真快。

「聽說有客人來了？」

孝冬把帽子交給身後的御子柴，進入了會客室。御子柴鞠躬行禮後，便離開了。

「對，多幡大人來訪——」

「冒昧叨擾實在很抱歉啊，花菱男爵。敝姓多幡——」

清充趕忙起身打招呼。

「是多幡清充大人對吧，總管有跟我說了。」

孝冬示意清充坐下，自己則坐在剛才鈴子坐過的位子。鈴子坐到孝冬身旁，偷偷觀察孝冬的表情。

——他是不是心情不好……？孝冬臉上掛著冷酷的笑容。

「此番前來，是想請男爵幫忙驅邪。」

清充道出來意，孝冬抬起一隻手，不讓他說下去。

「容我先說一件事可好？」

清充眨眨眼睛，問道：「是，請說？」

「您沒先預約就跑來我家，還趁我不在的時候登堂入室，跟我妻子碰面。您不覺得這是很沒禮貌的事情嗎，多幡大人？」

孝冬不帶感情地說出這些話，臉上只剩一點皮笑肉不笑的表情，清充嚇得面無血色。

「呃……是，關於這一點——」

「是我請他進門的，總得聽聽人家的來意。」

鈴子打斷兩人對話，孝冬卻不肯看她一眼。

「我問的是多幡大人，他的行為會引起不必要的誤會。」

「真、真的非常抱歉！」

清充面色發青，眼中還浮現淚光。孝冬的五官如同雕像一般深邃，當他用不帶感情的冷酷眼神逼問對方，有一種很可怕的魄力。清充活像一隻被蛇盯上的青蛙。

「在下也知道這樣失禮，但實在是求助心切，才讓尊夫人為難了……非常對不起。」

清充寬廣的額頭和脖子都滲出了汗水，他現在也沒心思擦汗了。

鈴子接下由良遞上來的筆記，轉交給孝冬。

「……多幡大人的委託內容，我讓由良記下來了，你看一下。」

孝冬總算肯看鈴子了，但現在換鈴子不想看他。

鈴子也知道，丈夫不在的時候，不該招待其他男人進門，所以她才打開會客室大門，讓由良留在現場，難道孝冬都沒看見嗎？孝冬責問清充，頗有指桑罵槐的味道。這也是鈴子不高興的原因，有什麼不滿不會直接跟自己的妻子說嗎？

「鈴……鈴子小姐？」

孝冬悄悄叫喚鈴子，語氣有些驚慌，跟剛才簡直判若兩人。鈴子照樣不理他，也不知道孝冬現在是什麼表情，反正筆記他收下了。旁邊傳來孝冬翻閱筆記的聲音，之後他闔上筆記，開口說道。

「——原來鴻氏要購買您的房產。那麼，您這樣自作主張驅邪沒關係嗎？」

「咦？」清充聽到這個問題，發出了傻乎乎的聲音。

「鬧鬼的房子沒人敢買，代表房子是以低於市價出售的對吧？換句話說，一旦鬧鬼的現象沒了，那裡純粹就是子爵家的宅院，而且又在黃金地段，肯定會有其他買家出現吧。如此一來，賣價就會跟著上揚。總體來說，您現在最好不要變動房產的價值。要不要驅邪，等鴻氏購入房產後，讓他自己判斷比較妥當吧。」

「呃……這、可是……」

清充又眨眨眼睛，似乎聽不懂孝冬的意思。

「把鬧鬼的房子交給人家，於禮不合啊——」

「鴻氏不介意房子鬧鬼不是嗎？因為鬧鬼的房子比較便宜嘛，這也很自然。」

清充聽完孝冬的說法，整張臉氣紅了。

「鴻、鴻先生才不是那種人，他是看我有困難才買下來的。」

「他是生意人吧？生意人不會出於同情心買下房產的，你這人也太單純了。」

清充憤然起身，滿臉怒容。

「我先走一步了！」清充話一說完就往門口走去，走到一半突然停下，又冒冒失失跑回來拿起椅子旁的公事包。

「總而言之，驅邪一事還是先跟鴻氏商量，這才是聰明的做法。」

清充也不理會孝冬的建議，小心翼翼揣著他的公事包，飛也似的離開會客室。

孝冬靠在椅背上，蹺起雙腿說道：「真像個長不大的少年呢。」

「哪有人像你那樣講話的……你是故意欺負人吧。」鈴子一副傻眼的語氣。

孝冬湊近鈴子，似乎不太能接受她的說法。

「我說的都是尋常道理，是他的思想太幼稚了。」

「你的態度也讓人不敢領教。」

孝冬的表情，活像一個做錯事被罵的小朋友。

「作為丈夫，我提出的都是合理的主張喔。鈴子小姐，妳自己看看他說那什麼話，竟然說別人的老婆太漂亮，簡直驚為天人？」

孝冬指著筆記上的文字，顯然動怒了。鈴子轉頭看了由良一眼，由良靜靜地坐在旁邊沒講話。

「就跟你說那段話不用記錄了。」

「夫人交代時，我已經寫上去了……」

由良不以為意。

「你退下吧。」鈴子交代完，由良就像來去無蹤的風一樣，安靜地起身離去。

鈴子嘆了一口氣。

「我是想先幫你打聽清楚，替你省下一些工夫。」

「妳的好意我很感激，但妳跟其他男人單獨碰面又沒讓我知道，我無法接受。」

「我沒有跟其他男人單獨碰面，由良也在場啊。」

「……有旁人在場也一樣，我就是不希望妳趁我不在的時候這樣做。」孝冬表現得垂頭喪氣。

「你很討厭那樣嗎？」

「很討厭。」

鈴子觀察孝冬的表情，一副茫然不知所措的模樣，跟剛才冷酷的態度簡直判若兩人。

「我知道了。以後除非有要緊事，否則我不會再這樣做了。」

孝冬訝異地抬起頭來。「……真的嗎？」

「我不會故意去做你討厭的事情。」

這可是鈴子的真心話，她並不想過度堅持自己的主張，惹得孝冬不高興。

「別生氣了行嗎？」

「嗯嗯。」孝冬長吁一口氣，整個人癱在椅背上。

「唉唉，我真是丟人啊。妳一定厭倦我了吧，鈴子小姐。」

「才沒有這回事。」

鈴子要他放心，但孝冬還是不改愁苦的面容，抓亂自己的頭髮。

「我讓人送茶水來，你也累了吧。」

鈴子正要起身，孝冬一把抓住她的手。

「不用了——我沒事，請妳留在這裡就好。」

鈴子坐下來，撫摸著孝冬的手掌。現在的孝冬活像個迷路的小孩，神情惶惶不安，他自己沒注意到吧。

「孝冬先生。」

看孝冬這麼消沉，鈴子也心疼，但有件事她非說不可。

「如果多幡大人跟鴻氏商量後，還是要找你驅邪——」

「應該不會的。」

「我說如果啊。如果他們真的找上你，我也要同行。」

孝冬從椅背上撐起身子，注視鈴子的臉龐，鈴子也回望他的雙眸。

「這次多幡子爵剛好亡故了，日後若有機會碰到其他的松印華族，我還是要去會一會，我不想一直待在家裡等結果。」

「鈴子小姐——」孝冬皺起眉頭。

「你說那樣做有危險，我倒認為，不管我有沒有主動去接觸松印華族，都一樣危險。只要凶手在華族社會打滾，一定會知道我的身分。很多人都知道我出身淺草貧民區，但我被接回瀧川家收養，到現在也平安無事啊。」

「我的意思是，不要打草驚蛇比較安全啊。」

「我們早就已經打草驚蛇了不是嗎？從對方的立場來看，你調查松印跟我調查松印，意思都是一樣的，因為我們是夫妻。」

孝冬不說話了。

「的確，讓你去查松印華族更有效率，所以調查工作我也打算仰賴你，但找出真凶我不能讓你獨自去做。未來你以驅邪的名義去拜訪松印華族，我也要跟你一起去——事先說好我該做什麼、不該做什麼，你也比較放心吧？」

孝冬看著鈴子，被鈴子一語點醒。

「我們事先講清楚，可以省下很多煩憂。我不會在你不知情的狀況下擅自行動，也不會獨自跟松印華族接觸，你看怎麼樣？」

孝冬目不轉睛地盯著鈴子，最後抓抓頭髮，嘆了一口氣說：「好吧，反正我本來就打算聽妳的，就照妳的意思辦吧。該怎麼說呢……妳很擅長用理性去整合感性呢。」

鈴子歪著頭，不懂這句話是什麼意思。

「妳比我冷靜多了。認識妳之後，反而都是我憑感性在做事。」孝冬面露苦笑。

「這——不是理所當然的事情嗎？」

鈴子同樣是以感情為動力，她沒有孝冬說的那麼理性。

「這麼理所當然的事情，我在認識妳之前都做不到啊。」

妳完全不能體會吧——孝冬說完這句話，獨自發笑。

幾天後，鈴子和孝冬坐車外出。天上還沒下雨，車窗外吹入潮濕的暖風。

「那個『鴻心靈學會』是靈術團體。」

後座的孝冬談起這個話題，一旁的鈴子問道。

「你說……那是靈術團體？」

「所謂的靈術團體，就是研究民俗精神療法的團體，有點類似民間宗教。靈術的靈跟幽靈沒關係，而是靈妙奇術的意思。他們相信治病要從心理下手，心理治好了，生理的疾病自然不藥而癒。這種團體還不在少數，有人講究呼吸法或禪定，也有用手掌發功治病的。明治時期很流行催眠術，這些團體算是搭了順風車發展起來的。」

「催眠術……」

「催眠術也是一種民俗療法，因為太過風行被政府取締，後來又改成其他方法。這個趨勢跟千里眼多少也有些關聯。」

「跟千里眼也有關聯？」

「據說，千里眼御船千鶴子❼就是經歷催眠術，才開發出神通的。催眠術的流行帶動了千里眼的流行，而千里眼的流行，又大大推廣了心靈學。當時心靈學被吹捧成新科學，但千里眼被世人否定後，心靈學也被排除在科學的藩籬外。」

「是喔……」

外頭的暖風吹拂著鈴子後頸的髮絲。天上烏雲密布，隨時都會下大雨。時近黃昏，卻看不到夕陽在何方。

鈴子和孝冬正前往牛込的多幡家宅邸。那一天清充憤然離去後，隔天又造訪花菱家，正式委託孝冬驅邪。

——鴻先生說，那就麻煩花菱男爵驅邪了。

清充鼻孔噴氣，難掩驕傲的神色。

——他還說，驅邪成功後要是有其他買家，那也無所謂。

按照清充的說法，鴻氏買房純粹是要幫他一把，並不是想趁機貪小便宜。

---

❼御船千鶴子：明治時代被認為具有透視能力的超能力者。

「我說啊，那鴻氏真是個老狐狸。」孝冬冷笑道。

「怎麼說呢？」

「鴻氏講那種話，以多幡先生的個性，就算有其他人願意高價收購宅子，他也一定會用原價賣給鴻氏。這一點鴻氏比誰都清楚，我也間接幫了鴻氏一把。」

的確，光看清充的反應，應該真的會以原價賣給鴻氏。鴻氏這番話若是別有用心，那絕對是個老奸巨猾的人物。

「聽說鴻氏的祖業也是神職……」

「是在茨城那邊，接近鹿島灘的神社吧。他是家中次子，本來在八王子的紡織品中盤商當人家的伙計，之後出來自立門戶，生意做得很成功。」

鈴子不解的是，這樣的人怎麼會去創立靈術團體呢？孝冬給出了答案。

「有一次他生重病，某個宗教集團的代表治好了他的病，那個宗教集團算是鴻心靈學會的上游組織。心靈學扯上宗教，這也並不罕見。」

「你真的什麼都懂呢。」

鈴子很佩服孝冬，孝冬苦笑回答。

「別這麼說，這樣的謬讚我可承擔不起，只是跟宗教有關的事情，我剛好知道罷了——

神樂坂快到了。」

孝冬轉頭望向前方。果不其然，護城河渡橋的另一邊就是神樂坂。這一帶在江戶時代就是繁華街，善國寺從麴町遷移此地，帶動了繁榮的商機，更被喻為「神樂坂的毘沙門天❽」。過去這裡是武士階級的住所，大名宅院占少數，多半是旗本和下級家臣的宅院。除了武士階級的宅院以外，也沒什麼人氣和商機。

多虧毘沙門天進駐，做香客生意的店家也遷來了。每到慶典之日，參拜人潮絡繹不絕，時至今日依舊熱鬧非凡。東京最初的夜市，也是在毘沙門天的慶典召開的。到了明治時代，這裡也發展成花街，來尋歡的都是達官貴人，鈴子的父親說不定也來過。

坡道兩旁有種植柳樹，柳枝隨風搖曳，人群往來於柳樹下，一旁還有車子經過。鈴子和孝冬搭乘的車子，從神樂坂開進岔路，這一帶地勢較高，屬於高級住宅區。司機放慢車速，最後在一棟宅院的大門前停下來，多幡家到了。

兩人下車走進大門。

---

❽毘沙門天：「四大天王」之一的北方天王、「二十諸天」中的第三天王，也是佛教的護法神。

鈴子詢問孝冬。「淡路之君現身的話，該怎麼辦？」

「那個上臈的偏好，我好歹是知道的。」

孝冬笑著回答。

「從我聽到的情報來看，這裡的鬼魂不合淡路之君的胃口吧。」

——希望如此啊。

鈴子不想再看到可憐的鬼魂，被那個惡靈吃掉了。

雨水打在鈴子的臉上，孝冬趕緊牽著鈴子的手，跑到玄關的屋簷下。

「下雨了呢。」

石板地上多了幾滴雨水的痕跡，看這天色要下不下的，雨勢並不大。雲霧飽含水氣，偏偏久久才降下幾滴雨水。

「有弄濕嗎？」

孝冬用手帕擦拭鈴子臉頰上的水滴，順便檢查她身上有沒有沾濕。

「應該沒事……」

今天不是出來玩，所以鈴子穿得比較樸素，身上穿著一套淡藍色的單衣和服，上頭有鐵灰色的條紋。再配上一條灰白色的腰帶，以及灰藍色的羽織。

「請問是花菱大人嗎？」後方有人問話，兩人回過頭去。

陰暗空曠的玄關中，站著一名白髮蒼蒼的老人。老人姿勢相當挺拔，穿的西裝也很高級，大概是管家或總管吧。

老人名喚友野，過去多幡家還是藩主的時候，友野家世代都是重臣。老人直到上個月還在多幡家當總管，目前在其他華族家任職，一樣是當總管。

「這棟宅子沒住人了，今天聽說花菱大人要來，我們已經開門恭候多時，少主也在裡面等您了。」

少主指的是清充。老人請孝冬和鈴子進門，室內空氣陰涼，木板地踩起來都有聲音。孝冬和鈴子在老人的帶領下，朝屋內走去，整條走廊陰暗又寒冷，而且房子又沒住人，屋內異常寂靜，只聽得到呼吸聲和踩踏地板的聲音。

礙於氣氛影響，三人一路上都沒說話，走到檐廊處多了幾分明亮，但陰雨天的傍晚時分，亮度也十分有限。隔著玻璃可以看到庭院，有蒼翠的楓樹和古松，外加岩石造景和石燈籠，那就是清充的大伯一頭撞死的石燈籠吧。

清充就在檐廊上，孝冬和鈴子以為他應該在客廳等，對他出現在這裡有些意外。清充一看到兩人前來，低頭打了聲招呼。

「我怕待在客廳，大伯的鬼魂會突然打開拉門現身……」

清充害臊地抓抓頭。

孝冬不解反問：「鬼魂不是都在固定的地方打開拉門嗎？」

「呃呃，是沒錯。可是，跑去其他房間躲，我擔心大伯的鬼魂會追過來，嚇我一個措手不及啊。」

「您會怕？」

「不是啊，正常人都會怕吧。很可怕吔，不行嗎？」

清充有些不高興，孝冬微微一笑。

「依我過去的經驗，鬼魂的行為都是固定的，不會有什麼變化。」

孝冬的語氣格外溫柔，像在勸慰小朋友。戴著眼鏡的清充眨眨眼睛，鬆了一口氣。

「是這樣嗎？那我可以放心了吧？剛才我真的好害怕，一直在屋內走來走去，完全不敢停下來。」

孝冬對清充的看法是對的，這個人確實跟少年一樣，性格太單純了。

「您大伯都是在太陽下山後現身的嗎？」

孝冬望著庭院，又說了一句。

「今天天氣不好，也不知道太陽下山了沒有。」

「聽說是這樣——沒錯吧？」

清充轉頭詢問友野，友野點點頭回答。

「是的，正是如此。」

「那也差不多該來了。」

語畢，孝冬雙手環胸。鈴子注視著石燈籠附近，清充怯生生地跑到孝冬背後，偷偷觀察庭院的狀況。

煙雨朦朧中，石燈籠前方突然多了一道陰影。眾人定睛一看，陰影幻化成人形，佇立在石燈籠前方。無奈形體被黑影覆蓋，看不出五官和身上的穿著。

才一眨眼的工夫，黑影已來到檐廊邊，就在轉角處的前方，離鈴子他們有一段距離。這時候鬼魂現出明確的形體，不再是一團陰影了。

清充劇烈喘息，喉頭發出沙啞的氣音，全身上下都在發抖。

「大、大伯……」

那是一個骨瘦如柴的老人，年紀大約六十歲，腦袋幾乎都禿了。頭垂得低低的，後頸的骨節也清晰可見。身上的黑色羽織早就褪色了，褲裙也是又髒又舊。老人一動也不動，拉門突然自動打開，吼叫聲響徹宅院。

「還來！」

下一刻，老人消失了。清充不自覺地扒住孝冬的西裝，整個人癱軟在地，面無血色。

「您沒事吧，多幡大人。」

鈴子關心清充，清充身體抖個不停，勉強點了點頭，眼鏡都快掉下來了。

「我、我……還是第一次、親眼看到。」清充說話時，牙齒也在打顫。

孝冬走到剛才鬼魂站著的地方，從門外探頭張望室內。

「這一間和室不是拿來會客的對吧？滿裡面的，是子爵的房間嗎？」

「如您所言。」友野負責解答。

「明成大人他……明成大人就是宗主的兄長。上一代當家吩咐過，明成大人造訪的時候，要帶他來這裡。」

「宗主」是指清充的父親，「上一代當家」則是清充的祖父吧。鈴子歸納了一下剛才聽到的訊息。

「那麼他大喊『還來』，又是怎麼一回事？」

友野困惑地低下頭說：「這……我也不清楚。」

「是不是子爵有欠明成先生金錢或物品？」

「不會的，這不可能。」友野激動地搖搖頭。

「可是，明成先生確實希望討回某些東西。換句話說，只要還給他，他就會安息了。」

「這樣啊……」

清充癱坐在地上，舉手發言。

「請問，沒還成的話，大伯就無法安息嗎？」

「是這樣沒錯。」

清充幾乎要哭出來了。鈴子觀察孝冬，淡路之君果然沒現身，如同他預料的一般。

「不能直接驅邪嗎？」清充不死心繼續追問。

「這不是念幾句咒語或擺擺花架子就能了事的，多幡先生。」

「別這樣講啦，拜託你想想辦法好不好？」清充把歪掉的眼鏡扶正，氣急敗壞地要孝冬想辦法。

「叫我想辦法……你也真是強人所難。」

「不是嘛，鴻先生也同意驅邪了啊。」

「何不查一查，您大伯想要討回什麼東西？」

鈴子從旁提供意見，清充回過頭來，眉毛都皺成了八字形。

「可是，我一點頭緒也沒有啊……我和大伯又不熟，想查也無從查起。」

「您沒頭緒不要緊，服侍過您祖父和令尊的人，總會略知一二吧。」

清充的視線轉移到友野身上，孝冬和鈴子也看著友野。被三人盯著猛瞧，友野的態度有些畏縮。

「我……我什麼都不曉得。」

「多幡家的事情，沒有人比你更清楚了吧。」

清充好不容易撐起身子，向友野討一個說法。

「拜託你有頭緒就說出來吧。萬一會影響多幡家的聲譽，那也沒差啦，反正我們家也不是華族了。」

「少主，您怎麼這麼說呢……」

友野無力地垂下頭，瞄了石燈籠一眼。

「……比較有可能的，是多幡家代代相傳的美術品吧。」

「我們家的美術品？幾乎沒剩下了不是嗎？」

清充說完這話，對孝冬和鈴子解釋道：「多幡家以前有一些貴重的字畫和古董，缺錢花用時就一件一件賣掉，剩下的都沒什麼價值了。這大伯怎麼可能不知道呢？況且剩下的美術品，也都放到親戚家的倉庫了。」

「在別人眼中沒價值，說不定在您大伯眼中有價值啊。」孝冬也提出了見解。

「那我就不曉得了……」

清充望向友野，友野同樣一問三不知。

「以前照顧那位大伯的人，還在嗎？」孝冬請教友野。

「明成大人以前住在這棟宅子裡，並沒有指派的隨從……只不過，有一名女傭他特別中意就是了。」

友野尷尬地瞄了鈴子一眼，接著說道：「後來，明成大人被上一代當家逐出家門，也帶著那位女傭離開了。他們好像也沒有正式結婚，算是沒名分的妻子吧。」

友野支支吾吾說出那段往事。

「那位女傭現在住哪裡？」

鈴子打探對方的去向。

「已經過世了。」

不料卻換來這樣一個答覆。

「她做了很多工作供給明成大人，弄壞了身子——」

鈴子的臉色越來越難看，友野不敢再說下去。

「大伯染指自家女傭，不但讓她工作到死，還有臉回來家中要錢？」

清充義憤填膺。

「爺爺全都知道，還這樣寵他……真是太丟人了。」

「呃呃……關於這件事……」友野心虛地說道。

「上一代當家提供了足夠的援助，以為她們母女倆應該都過得下去——」

「女兒？」

不只清充訝異，鈴子和孝冬也同感意外。

「女、女兒？大伯有女兒？」

「呃呃，是的，但我記得她十來歲就病死了。」

友野語重心長地說，那孩子大概過得很清苦，才會早夭。清充聽得臉都綠了。

「天哪……這件事，我完全不知道。」

「上一代當家下過封口令，畢竟家醜不可外揚，也就沒對任何人說過了。」

這些事對多幡家來說，也確實是禁忌……

「太過分了，那孩子算我堂妹吧？一個窮苦無依的小孩子死去……大伯完全不聞不問也就罷了……」

清充似乎大受打擊。

「還跑來我家自殺洩憤，死了還變鬼來鬧。」

清充恨恨地咬著嘴唇，雙拳緊握。

「太過分了。」

清充不屑地罵完後，一溜煙跑走了，友野則難過得低下頭來。

孝冬看著友野問道：「還有嗎？」

「咦？」友野疑惑地抬起頭來。

「你還有其他事情瞞著我們嗎？」

「這，我沒有瞞各位的意思……」

「我明白，是上一代當家叫你保密的，也不能怪你。」

友野不敢直視孝冬，再次低下頭。

「那好，就你能回答的範圍，答覆我的問題就好。我想想喔，假設子爵和明成先生之間發生過糾紛，而明成先生想要討回自己失去的東西，有沒有可能跟女性有關？比方說，自己喜歡的藝妓被搶走了之類的。」

「宗主從沒惹過這樣的麻煩。」

友野似乎覺得這個說法很荒謬。

「宗主有精神潔癖，大概是被上一代當家和明成大人刺激到的緣故。」

友野的語氣帶了點批判和嘲諷，孝冬淡然一笑。

「原來如此，所以就連交友應酬，也絕對不去花街嘍？」

「但凡有社交需求，宗主都是去華族會館或芝區的紅葉館。」

「真是嚴謹正直的人啊，那他也不會去淺草尋歡？」

鈴子暗自心驚，她聽出了孝冬提問的用意。多幡子爵用的正是松印，孝冬藉機打探多幡子爵和淺草的關聯。

友野搖搖頭回答：「完全沒有，宗主是很嚴肅的人。」

「這樣啊，那剩下的可能性——」

「沒有其他可能性了。」

友野說得斬釘截鐵，神情卻十分疲憊。

「請恕我無可奉告了。」

友野的態度過於強硬，反而讓人感到疑惑，瞧他臉色都發青了。

「那好吧。」

孝冬也不多問什麼，準備帶鈴子離開。鈴子端詳友野的神情，友野面無血色，低著頭一動也不動。

——這個人還有話沒說吧。

繼續追問下去，應該也問不出一個結果。友野目前在其他華族家任職，信用和聲譽比什麼都重要，隨便說出老東家的祕密，會傷害到自己的信用。從這個角度來看，其實他已經說得夠多了。

孝冬和鈴子走回玄關，清充抱著膝頭坐在木板地上。

「……多幡大人。」

清充蜷起身子，鈴子對著那圓滾滾的背影搭話。

「您有帶傘嗎？」

清充回過頭來，對這個疑問感到很意外。

「咦？雨傘……喔喔，我有帶啊，看天色就快下雨了嘛。」

「借我用一下可好？」

「喔，好啊，請用。」

清充連忙穿上鞋子，拿起鞋櫃旁的西式雨傘交給鈴子。鈴子正要接下雨傘，孝冬卻伸手搶走了雨傘。

「妳要去哪兒呢？」

「我去看一下石燈籠。」

孝冬走出玄關打開雨傘，邀鈴子共撐一傘。鈴子走到他身旁，握住傘柄說道：「我一個人不要緊的，你留下吧。」

鈴子撂下這句話，就往庭院走去。太陽已經下山了，四周一片昏暗，所有花草樹木都被雨水打濕，沉入深藍的夜幕中。鈴子小心翼翼走在濕滑的石板地上，慢慢靠近石燈籠。石燈籠比鈴子高出一顆頭，上頭長了不少青苔，一看就年代久遠。帽蓋的部分也有缺角，在經年的風吹雨打下都裂開了。至於明成一頭撞死的血跡，鈴子沒看出來，可能是雨水沖刷或天色昏暗的關係。

鈴子繞到後頭，從另一邊觀察石燈籠，這座長滿青苔的石燈籠，以前應該是很有情調的擺設吧，現在只給人陰森古怪的感覺。鈴子上上下下打探石燈籠，視線從帽蓋轉移到燈口時，嚇得差點叫出聲來，還好忍住了。

——有一張臉……

四角形的燈口中，塞了一張臉，真的只能用塞字來形容。那張臉氣色極差，皮膚全是皺紋，眉毛和睫毛都白了，微開的嘴唇裡幾乎沒牙齒，眼神茫然又混濁。是剛才那個老人——明成的臉龐。

明成的兩眼望著虛空，鈴子趕緊轉移視線，調整好呼吸。她快步離開石燈籠，趕回孝冬身邊。孝冬等著鈴子，一顆心七上八下。

「妳沒事吧，鈴子小姐？妳臉色不太好。」

孝冬接下鈴子手中的雨傘，擔心地皺起眉頭。

「我沒事——多幡大人，您大伯是不是很喜歡那座石燈籠？」

清充眨眨眼說道：「不知道吔，這我也不清楚……那座石燈籠本來擺在多幡家的祖宅裡，明治維新以後才搬過來的。」

看來這棟宅子以前是多幡家的別墅，祖宅被政府徵用為官邸。明治維新以後，武士階級的宅院都是這樣被徵用的。

「所以，石燈籠本身年代很久遠了，但就我所知不是很有價值的東西，大伯喜不喜歡我就不曉得了。」

清充低頭思考了一會兒，又抬起頭來。他用雙手扶正歪掉的眼鏡，以一種很嚴肅的語氣說道：「花菱男爵，我想這件事就到此為止吧。」

孝冬看著清充的臉龐，側過頭說道：「到此為止？我不太喜歡模稜兩可的說法呢。」

「對不起，我是指驅邪一事。」

「您不驅邪了嗎？」

「是的，因為……大伯他太過分了啊。我實在不認為，有必要讓那種人安息……」

孝冬不說話了，鈴子觀察他的表情。

──他打算怎麼做呢？

「老實說，驅不驅邪我都無所謂。反正，現在這種狀況我也無能為力，只是──」孝冬據實以告。

接著，他轉頭望向鈴子。「鈴子小姐，妳怎麼看？」

「我怎麼看？──這話什麼意思？」

「妳要我幫忙的話，我會盡力。」

──委託人不是我啊。

清充都傻住了，孝冬倒是不屑一顧。

鈴子想了一想，說道：「其實我也不要求你幫這個忙。」

鈴子先澄清立場，再對清充說道：「容我表示一下意見可好？」

「咦？喔喔，當然好，請說。」

清充緊張地扭扭身子，伸手調整眼鏡的位置。

「多幡大人，您剛才說『沒必要讓大伯安息』，這是一種很傲慢的說法。」

「咦……？」

「你會如此傲慢，是因為對方已經死了，而你仗恃自己還活著，死人講不過你。所以你才能可憐對方，甚至瞧不起對方。」

「呃呃……這……」

清充拿起手帕擦拭額頭，可能又冒汗了吧。

「對不起，我不太懂夫人的意思……妳在生氣嗎？」

「沒有，只是表示一下意見罷了。」

「這樣啊，真抱歉。我還是頭一次見到，有婦人會明確表達自己的意見……」

清充忙著擦拭汗水。

「所以……夫人妳認為，讓我大伯安息比較好嗎？」

「這沒有什麼好不好的，本來就是該做的事情不是嗎？有辦法就該去做，這才是做人的道理吧。」

「做人的道理……」

清充總算停下擦汗的動作，眼神也更為清朗，似乎不再有疑慮了。

「原來如此，夫人講的道理我好像明白了一點。」

「也可以說，讓您大伯安息比較沒有後顧之憂。」

孝冬也插上話。

「那個鬼魂不除，謠言不可能平息，這會持續傷害到多幡家的聲譽。」

清充盯著地面說道：「坦白講——我也不敢說自己完全不重視聲譽。畢竟我奉還了爵位，要是連多幡家的聲譽也守不住，真的愧對父親和列祖列宗……」

清充有氣無力地說出心裡話，抬頭對孝冬說道：「不好意思，花菱男爵。我再一次鄭重拜託您，請讓我大伯安息吧。」

孝冬平靜地回答：「我明白了。可是話又說回來，不知道您大伯要討回什麼，我也無從下手啊。」

孝冬抬頭望著半空，思考了一會兒。

「多幡家的資深傭人當中，有沒有已經退休隱居的？」

稍事思考後，孝冬提了這麼一個問題。

「哦！婆婆就是啊……我都叫她婆婆，本名生田龜，從我祖父那一代就擔任女傭了。在我十二歲那一年退休隱居，目前住在大森，我去探望過她幾次。」

「住在大森啊，那麻煩您去一趟，向她打聽消息。」

清充張大眼睛反問。「要我去一趟？喔，是沒關係啊，要打聽什麼才好啊……」

「這還用問嗎？當然是打聽您大伯的事情啊，不然還有什麼好打聽的？」

孝冬對清充說話的語氣，已經冷淡到近乎無禮的地步了。清充也不以為意，似乎很習慣這種對待方式了。

「您大伯是住在麻布地區嗎？」

「對，聽說是在麻布的鳥居坂那一帶。我沒去過，詳情如何也不清楚──難不成您要過去嗎？」

「沒有，我也是隨口問問。那棟房子還沒賣掉吧？」

「我們沒空處理那間房子。大伯死後，一家子被鬧鬼的事搞得雞飛狗跳，後來家父也去世了。除了要召開親戚大會，還要商量賣掉宅子的事，忙得不可開交啊。」

清充長嘆一口氣。

「那真是辛苦了。」

鈴子表示同情，清充害臊地抓抓腦袋。

「沒有啦。實務工作都交給友野先生處理，也還好啦。」

「所以到底辛不辛苦啊？」

孝冬沒好氣地說完後，轉頭對鈴子說。

「那鈴子小姐，下一步就先調查明成先生，妳看怎麼樣？」

「也好。」鈴子給了肯定的答覆，但她心裡想的是，孝冬把她當成主人或長官了嗎？

「那我們回家吧，天都黑了。」

玄關外夜幕低垂，天上還下著小雨。孝冬拿清充的雨傘，來替鈴子擋雨，好像這麼做是理所當然的一樣。

「多幡先生我也送您一程吧，就當是借傘的回禮。」

「咦，方便嗎？那真是太感謝了。芝區很遠吔，男爵你真大氣。」

「說什麼呢？我只送到牛込哨所的候車亭。借個傘而已，這樣回禮也就夠了吧。」

「這裡離候車亭也沒多遠，用走的也差不了多少啊。」

「那您何不自己走去？」

孝冬的口吻很不耐煩。作為一個生意人，孝冬的應對進退一向和藹可親，唯獨對清充不講情面。

「花菱男爵，你一定沒朋友吼？」

「……啥？」

「我當你朋友吧？」

「不用了，我不缺朋友。」

鈴子看著孝冬和清充抬槓，說了一句。「孝冬先生，就送他回芝區吧。」

鈴子一開口，孝冬立刻答應了。

「那好吧。」

清充傻眼地問道：「夫人，男爵一直是這樣嗎？」

「您說『這樣』，是指怎麼樣呢？」

「呃……是我不識趣，夫人就當我沒問吧。」

三人從玄關走到大門口，司機宇佐見趕緊拿著雨傘跑過來，鈴子回頭看了玄關一眼。

「友野先生還不打算回去嗎？」

「他說要帶其他下人巡視宅內，把門窗關好了再走。」

鈴子也沒說什麼，朝庭院的方向望去。從這裡看不到庭院，但鈴子始終忘不掉那一座石燈籠。

＊

隔天，孝冬利用工作閒暇前往麻布，天上下著綿綿細雨。他在鳥居坂下車，撐傘走下坡道。這附近有一些華族和皇族宅院，但坡道下方是紛亂嘈雜的下町市容。東京大部分的市鎮都有不少坡道，尤其麻布一帶夾雜台地和低窪地區，市容難免有一些特殊的陰暗死角。豪宅蓋在林木茂密的高地上，底下密密麻麻的平民住宅則被樹蔭擋住，同一個市鎮中有陰陽迴然不同的面貌。

明成的住所就在高地下方，雖然也是獨棟的房子，但外觀很簡樸，完全比不上牛込區的大宅院。屋後緊鄰高地，高地上的林木幾乎遮掩住了整棟房子，看上去陰氣沉沉。瓦房周圍的木板圍籬也發霉變黑，木製大門的其中一片門板也壞掉了。

一進大門就是玄關，拉門勉強還打得開。孝冬此番前來查探，是多幡家的前任總管友野同意的。屋內伸手不見五指，跟大半夜沒兩樣。孝冬在門內等眼睛適應，忍不住打了個噴嚏。空氣中滿布塵埃，孝冬拿手帕摀住口鼻，先脫掉鞋子才進屋。玄關和走廊都沒有明顯的髒亂痕跡，或許明成死後，多幡家有派人來打掃吧。

往裡面走有一間和室，房內外所有拉門都開著，但室內依然充滿濕氣和塵埃，甚至有一種餿水的味道。整間和室空蕩蕩的，能夠稱得上家具的東西，只有一張小茶几，也不曉得是本來就沒家具，還是統統賣掉了。

另一間相連的和室裡，寢具直接堆在地板上，也沒有收進壁櫥裡，看來那邊是寢室。孝冬一腳踏進和室，感覺榻榻米都往下陷，而且榻榻米表面凹凸不平，顯然受潮了，榻榻米下方的木板也嘎吱作響。孝冬走進隔壁的和室，停下腳步，一股熟悉的香味突然變濃了。

——還真有啊。

淡路之君樂不可支，這裡有她喜歡的鬼魂。孝冬在黑暗中定睛一看，發現在和室角落的寢具前方，有一個跪坐的女人。女人穿著條紋的木棉和服，雙手擺放在膝頭上，腦袋垂得低低的，頭髮直接在後腦勺紮成一束，並沒有盤起來。連沒綁好的散亂髮絲都看得一清二楚，奇怪的是臉上蒙了一層陰影，看不清表情。

這人大概是明成染指的女傭，也是他沒名分的妻子吧。孝冬之前聽說明成有妻子，就猜想她可能會在這裡，果真猜中了。

女人低著頭，瘦弱的身軀散發出疲憊困苦的氣息，還聽得到一點說話聲。不，這應該是啜泣的聲音吧。

「……拜託……我求你了……」

啜泣中夾雜著細微又沙啞的說話聲，一聽就知道她承受了莫大的悲痛。

「這孩子……求你放過她吧……我……我會加倍工作的……」

孝冬聽了皺起眉頭。

「請不要把她賣到妓院……求你了……」

哀求的哭聲不絕於耳，女人口中的「這孩子」，應該是指明成的女兒吧。明成打算把自己的女兒賣到妓院……

瀰漫四周的香味有了動靜，淡路之君現身了。她站在哭泣的女鬼面前，嘴角輕揚，彎下腰來溫柔地展開雙臂，將女鬼包進自己的寬袖子裡。孝冬目不轉睛地看著這一幕，淡路之君露出了愉悅的笑容，等她再次起身，女鬼也煙消雲散了。

女鬼被淡路之君吃掉了，淡路之君如同煙霧飄搖一般，飄回孝冬身上。她揚起衣袖抱住孝冬，以冰冷的指尖撫摸孝冬的臉頰，最後化於無形。孝冬也從剛才的接觸感受到，淡路之君非常滿意，濃烈的香氣久久不散。

室內只剩下虛無的黑暗，氣氛異常寂靜。寒意在孝冬心中渲染開來，深深沉入心底，在內心深處盤根錯節。每次餵養淡路之君，彷彿就有更多的寒意堆積在心底。

——鈴子小姐要是知道了，肯定會罵人吧。

萬一持續餵養淡路之君的事情，被鈴子知道了該怎麼辦？然而，比起被鈴子責罵、輕視，孝冬更害怕一件事，那就是失去鈴子。

花菱家的人，不持續餵養淡路之君就會死——這個詛咒究竟是不是真的，誰也說不準，至少鈴子是這麼看的。孝冬也認為鈴子說得有道理，他的父母和兄長都是自殺身亡，沒有證據顯示他們是被淡路之君害死的。

問題是，萬一真有冤魂作祟呢？不餵養淡路之君，到時候鬧出人命該怎麼辦？一想到這個可能性，孝冬惶恐不已。他不怕死，他怕的是害死鈴子。

這種恐懼感讓他的心如墜冰窖，餵養淡路之君所感受到的寒意，根本無法比擬。失去鈴子對他來說，是最痛徹心腑的恐懼。

孝冬瞞著鈴子餵養淡路之君，已經不是第一次了，未來也必須瞞著她。否則，鈴子肯定會很痛苦。

孝冬走出和室，踩在冰冷的木板地上，到玄關穿上鞋子離開。他的雙腿幾乎抬不起來，每一步走起來都好沉重，連打在雨傘上的雨水，都重到難以負荷。

他落寞垂首，獨自爬上濕滑的斜坡。

＊

鈴子打開床邊的小夜燈，關掉室內的大燈。孝冬還沒回來，可能今天會晚點到家吧。就在她鑽進被窩，思索著孝冬晚歸的原因時，有人悄悄打開寢室的房門。起身一看，是孝冬回來了。

孝冬拎著西裝外套，似乎在看鈴子睡了沒有。其實鈴子也不敢肯定，因為走廊的光源太亮了，她看不清孝冬的表情。

「吵醒妳了嗎？不好意思。」

「不會，我才剛進被窩，歡迎回來。」

孝冬走入房內，在床上坐了下來。他轉身面對鈴子，身上帶著一點酒氣。

「我好像喝太多了，身上有酒臭味吧？對不起。」

「也還好……」

小夜燈柔和的光芒，照亮了孝冬的臉龐。醉醺醺的孝冬眼睛紅紅的，神情也很疲憊，孝冬側過頭，迴避鈴子的視線。

「你累了吧，我幫你準備睡衣，換衣服歇息──」

鈴子正要爬下床，孝冬抓住她的手腕。

「我來就好，沒關係。鈴子小姐，妳先睡吧。」

鈴子凝視孝冬的雙眸，眼神堅定不移。「發生什麼事了？」

「沒有。」

孝冬很擅長壓抑表情，但眼神的動搖無法隱藏，而且他急著答話，聲音有些變調。

「……你都喝醉了，這些東西也不好解開吧？」

鈴子低下頭，幫孝冬拆下袖扣，那是一對鑲有珍珠的金屬袖扣，今天早上幫他挑的。鈴子慢條斯理拆下袖扣，放在小桌子上，另一隻手的袖扣，還有成套的領帶夾也都拆下來了。

孝冬默默無語，鈴子也不多問。她知道孝冬有心事，但孝冬不願意提起，勉強追問只會傷到孝冬。她相信等時機到了，孝冬自然會坦誠相告，所以保持沉默。

孝冬怯生生地撫摸鈴子的額頭和臉頰。有時候，孝冬會很不安地撫摸鈴子，猶如在確認鈴子是否存在一樣，鈴子也不抗拒。孝冬伸手關掉小夜燈，似乎不敢讓鈴子看到自己現在的表情。

隔天，清充一大早就登門拜訪。鷹嬸來到鈴子和孝冬的寢室通報，她站在門外頭，氣沖沖地說道：「御子柴先生去應門，已經跟他說老爺和夫人還在休息，但他無論如何都要我們通傳。」

「我去見他，鈴子小姐妳再歇一會兒吧。」

睡眼惺忪的孝冬，在睡衣外頭披上一件長袍就出門了。

孝冬好意要鈴子多休息，但眼下有人來訪，鈴子也睡不著覺。她爬下床鋪，在一旁的盥洗室梳洗一番，請鷹嬸幫自己換上正式的和服。服裝儀容可以在短時間內打點好，但頭髮得花時間綁才行，等她下樓時清充已經回去了。

「我跟他談過了。」

孝冬忍著打呵欠的衝動，準備上樓換裝，鈴子緊跟在後。

「多幡大人說了什麼……？」

「總之，我們要去一趟多幡家。」

「今天？」

「今天，希望中午之前處理得好啊。」

孝冬抓抓腦袋。今天是禮拜天，他說好了要跟鈴子一起出門，去吃他們上次聊到的那家天婦羅。

「多幡先生說，生田龜女士特地從大森趕來了。」

孝冬換上西裝，對鈴子說明原委。

「生田龜……就是那位婆婆？」

鈴子從衣櫃拿出幾條領帶，幫孝冬挑選。今天一大早就下雨，天氣很潮濕，孝冬穿著一身涼爽的白色麻料西裝，領帶自然該搭配涼爽一點的顏色。現在還是梅雨季，使用盛夏藍天的色彩還太早了，因此鈴子挑了淡綠色的領帶。

「就是那位婆婆。老婆婆對多幡家忠心耿耿，聽說明成死後還給多幡家添麻煩，氣得破口大罵呢。」

「難不成她想去訓斥鬼魂？」

「這就不清楚了。」

「孝冬先生，袖扣用翡翠的好呢，還是用水晶的好？」

「只要是妳選的都好。」

每次徵求孝冬的意見，換來的都是這個答覆，完全沒有參考價值。鈴子打開收藏袖扣的盒子，煩惱該用哪一種袖扣好。晶亮碧綠的翡翠固然優美，但不適合下雨天。改用水晶吧，不然用純金屬的也好，看起來清爽點。鈴子翻找合適的袖扣，找到了一個乳白色寶石製成的袖扣。

——這個好。

乳白色的圓形水晶，就鑲在金屬袖扣上，聽說這叫乳石英。領帶夾也挑同系列的款式，除此之外，盒子裡還有各種水晶製成的袖扣。

「我記得多幡大人說過，過去他們的藩鎮有開採水晶，是哪種水晶啊？」

「應該是紅水晶吧。不對，是紫水晶嗎？」

孝冬看著半空喃喃自語，在記憶中搜索答案。

「鈴子小姐，妳喜歡水晶的話，我幫妳準備一些水晶的腰帶飾品吧？」

「不用了，你已經準備得夠多了。」

「比起飾品，妳的心思都放在天婦羅上是吧。」

鈴子不講話了。看他笑得多愉快，才沒有被他猜中呢。

孝冬換好衣服，兩個人跟平時一樣焚香，一起享用早飯。正當他們準備出門，清充又打電話來催人了，孝冬滿臉的不情願。

夫妻倆預計拜訪完多幡家，要一起去日本橋吃午飯，所以衣服要穿得正式一點才行。鈴子找鷹嬸來挑衣服，和服選用柳色的紋紗縐綢單衣，上面有楚楚動人的白百合花紋。腰帶也選用百合花紋的款式。附在衣襟上的半衿假領，則選用有青葉刺繡的紗羅織品。腰帶飾品是楓葉狀的金屬雕工，配上一顆月長石。羽織有淡紫色到淺綠色的漸層，並用染繪和刺繡的技法，呈現出山百合、日本百合、鹿子百合等各式各樣的百合花。

清充都打電話來催了，鈴子加快換裝的速度，孝冬卻說慢慢來不用急——這時候田鶴居然主動來幫忙了，她並不擅長幫人換裝，怎麼會主動來幫忙？鷹嬸故作鎮定，卻藏不住內心的訝異。

「我認識一名淡路島出身的姑娘——」

田鶴幫鈴子換裝，打開了話匣子。

「年紀十九歲，是個聰明又有禮貌的好孩子，做事也挺靈巧。前些日子，她突然被雇主解雇，想到其他人家幫傭。」

田鶴在鈴子面前彎下腰，幫鈴子整理過長的下襬。鈴子觀察田鶴的表情，也明白了她說這番話的用意，便問她：「她被解雇的原因是什麼？」

「據說，她不小心冒犯了雇用她的老婦人，詳情就不得而知了。不過，那姑娘平時不會故意冒犯別人，她的為人由良比較清楚。」

「由良認識她？」

「兩人打小就認識了。」

鈴子不置可否，接著又說：「那好吧，我見見那名姑娘，麻煩請她到家裡來一趟。我看過沒問題的話，就雇她當我的侍女吧。」

田鶴來的用意，也是要向鈴子推薦侍女人選。

「多謝夫人。」

「也多謝妳幫我挑合適的人選。」

田鶴躬身行禮，便離開了。田鶴對待工作一向嚴謹，她推薦的人選準沒錯吧。鈴子已經打算雇用那名姑娘了，但好歹要知會一下孝冬。

鈴子換好裝前往玄關，孝冬已經在那裡等了。他一看到鈴子就瞇起眼睛，彷彿看到什麼很炫目的東西。

「這身裝扮真適合妳，果然花朵跟妳很相襯，尤其是百合。」

這一套和服是孝冬替鈴子準備的，今天鈴子頭上插的也是百合髮飾，髮飾同樣是孝冬送的禮物，他似乎很喜歡百合。

兩人搭車前往多幡家。

「田鶴介紹了一名姑娘要給我當侍女，應該沒關係吧？」

鈴子在車上徵求孝冬同意，孝冬張大眼睛頗感意外。

「多謝了。」

「田鶴推薦的？是喔……只要是可信的人，妳雇用也無妨啊。」

「妳和田鶴處得不錯啊？我到現在都還跟她處不好呢。」

「也不算好……沒反目就是了。」

「那就好，妳在這個家裡過得舒服，我也安心啊。」

鈴子轉頭對孝冬說。

「瞧你講得事不關己的，那不也是你家嗎？」

孝冬面帶苦笑，並沒有回話。

「我終於知道大伯要討回什麼了。」

鈴子和孝冬一到多幡家，清充興高采烈地出門相迎。

「先進門再說吧。」

孝冬的態度很冷靜，沒什麼反應。清充像洩了氣的皮球，退到一旁請二人進門。孝冬和鈴子走進玄關，跟上次一樣穿越長廊前往和室，而不是檐廊邊。和室外圍的拉門是開著的，看得到庭院的景致。室內隔間用的紙門附近，坐著一名體格嬌小的老婆婆，頭上綰著日式的髮髻，身上穿著很正式的黑色和服。友野就在老婆婆身旁。

「花菱男爵和他的夫人都到了。」清充先向兩位老人家報告，再請鈴子和孝冬就座。

「這位老太太就是生田龜女士。」清充替老婆婆介紹，老婆婆應該八十好幾了，看上去還十分硬朗。眼睛小小的，只張開一點點縫隙，不仔細看還以為是臉上的皺紋。老婆婆以銳利的目光打量著鈴子和孝冬，確認這兩個人是不是可疑人物。

「那麼——您剛才說，知道大伯要討回什麼了是嗎？」孝冬詢問清充。

「是的，關於這件事——」

清充湊上前說道：「大伯要討的，可能是他女兒吧。」

「女兒……？那個已經病死的女兒？」孝冬不解地皺起眉頭。

「其實呢，大伯的女兒還活著喔。」

清充的語氣很雀躍。

「這是怎麼回事？」

「就還沒死的意思啊。對吧，婆婆？」

清充望向身後的生田龜，生田龜眨眨那對小眼，心不甘情不願地說道。

「宗主吩咐過，這件事不能告訴任何人。」

「反正我父親已經不在了，我們這麼做也是要讓大伯安息啊。」清充先勸說生田龜，接著又對孝冬說道。

「家父對外說那孩子病死了，其實是安排她去當養女。」

「養女……？」

鈴子喃喃自語，清充轉頭對鈴子說。

「對，沒錯。那孩子的母親……也就是大伯沒名分的妻子，本來當女傭的那個。她還在世的時候，多幡家會定期派人去關心她們，到家父這一代也沒有停止。家父和大伯雖然關係不好，但很關心那對母女，後來那孩子的母親病倒，家父也頻繁派人去照料。母親很擔心女兒的將來，深怕自己死後，女兒跟著大伯肯定會被賣掉。被派去照料的女傭也是她以前的同事，當然也有向家父回報這件事。然後──」

清充先乾咳一聲，繼續說道：「有一天，那孩子的母親去世了，死後還沒幾個鐘頭，家父派的女傭也到了。當時大伯不在家中，據說大伯整天在外遊蕩，很少在家。只有女兒陪在母親身旁，女兒就跪坐在死去的母親旁邊。」

鈴子想像那光景，心好痛。

「家父派去的女傭，就帶著那孩子回多幡家了。家父立刻吩咐友野先生治喪，把那個孩子藏到婆婆家，就是磐城那邊的老家。人死了五天大伯才回家，喪事也早就辦完了，家父就騙他母女倆都病逝了。自己的老婆都死了，還在外遊蕩好幾天，大伯自知理虧，又擔心家父向他討喪葬費，也就沒懷疑家父的說法了。」

不過，這件事還有後話。「不知道大伯是自己發現的，還是別人告訴他的。所以他才跑來家裡，要我們把女兒還來吧。」

「都過了幾十年才來討人？」孝冬提出了疑問。

「正確來說是二十年。的確，現在來討人也太晚了。他應該也不是真的要討人，純粹是來找麻煩的吧。」清充給出答覆。

「找麻煩……意思是來要錢的嘍？」

「一定是吧。擺明是來威脅的，不交人就給錢，不然就要公諸於世，大概是這樣吧。」

清充得意地說出推論，孝冬盯著他說道。

「這不是您自己的想法吧？」

「咦？這、這話是什麼意思——」清充頓時信心全失。

「這推論不是您自己想出來的，您跟鴻先生很要好是吧？是他告訴您的吧？」

「呃，這、這個……」

「少主。虧我一再叮嚀，千萬不可告訴外人。」生田龜不開心地挑起那一雙白眉。

「不、不是啊，人家鴻先生要買這棟宅子，他有知的權利嘛，是吧。」

生田龜依舊愁眉不展，怒目相視，清充嚇得縮起身子。

「……是誰的想法都無所謂吧。」

鈴子冷靜地發表意見，在場所有人都安靜下來了。

「如果那句『還來』是一種威脅，那麼這個要求本身沒有太大的意義不是嗎？」

清充眉毛都皺成了八字形，似乎很困惑。

「是這樣沒錯，我們又不可能真的把女兒還給他。」

「他女兒現在怎麼樣了？」

「嫁人了，連孩子都有了。」生田龜答話了。

「那孩子在婆婆的老家當養女，後來和某戶人家的兒子相戀。那戶人家以前也是我們多幡家的家臣，兩人順利結婚了。」

清充把剩下的內情說完，生田龜點頭附和，自豪地挺起胸膛。

「那真是太好了——多幡大人，我倒有不同的看法。」

「咦……？夫人的意思是……」清充眨眨眼睛。

「您大伯要討的，應該是其他東西。」

「其他東西？什麼東西？」

鈴子伸手指向庭院的石燈籠。

「那座石燈籠。」

清充不解地歪著頭說：「石燈籠？為什麼夫人會這樣想？說白了，那就是一座老舊的石燈籠啊。」

「因為您大伯的魂魄，就附在那座石燈籠上。」

鈴子平靜地說出事實，清充都愣住了。

「您大伯就在那座石燈籠裡。」

「……他在裡面……？」

清充的語氣，透露著惶恐不安。鈴子想起自己看到的景象——老實說她也不願意想起——石燈籠的燈口中，塞滿了一張老人的臉。

明成出現在庭院，還來到檐廊打開拉門，多幡家的人以為那才是關鍵。實際上問題的源頭是石燈籠，就是明成一頭撞死的那座石燈籠。

「龜婆婆。」

鈴子轉頭問生田龜。

「聽說，那座石燈籠是從祖宅搬來的，帽蓋的部分缺了一角，以前有弄倒過嗎？」

「這個嘛，的確是有。」生田龜像在擠眉弄眼似地，用力眨眨眼睛。她點頭證實了鈴子的猜測，接著又說道：「對了。明成大人小時候常在庭院玩，還爬樹跳到石燈籠上，實在太調皮了，結果石燈籠被他撞倒了——」

生田龜話才說到一半，不曉得怎麼搞的，竟然不說話了。

「那座石燈籠有祕密，對吧？」

鈴子點出關鍵，生田龜撇嘴不講話。

「是宗主要妳保密的嗎？」

生田龜沉吟了，望向一旁的友野。友野身子一顫，幾乎要坐不住了。

「反正裡面已經沒東西了對吧？何不直說呢？」

友野無力地坐回地板上。「花菱男爵夫人，您該不是有千里眼吧？您說得沒錯，那裡面已經空了。」

「你們在說什麼？」清充望著鈴子和友野。

「——多幡家以前的領地，有開採水晶是吧。」

孝冬恍然大悟，道破當中玄機。

「所以是紅水晶嘍？」

「不會吧？」

清充也大感意外。

「紅水晶藏在石燈籠裡？」

「帽蓋內部挖了一個空洞，紅水晶就藏在裡面。」友野低下頭坦承事實。

「可是，裡面的紅水晶早就賣掉了。明成大人曾經涉及詐欺案件，賣掉紅水晶的錢全都用來賠償受害人了。」

「偏偏你們家那位大伯，還以為水晶藏在石燈籠裡，所以才來討——不對啊，為什麼他會用『還來』這個字眼？」

「因為是他找到的吧？」鈴子向生田龜請教答案。

「那位大伯小時候玩耍，弄倒了石燈籠，他知道紅水晶藏在裡面對吧。」

生田龜勉為其難地點頭承認了。「正是如此。明成大人說那是他找到的，應該歸他所有，旁人怎麼勸都勸不聽。我一再告訴他，那是多幡家重要的財產。明成大人卻說，多幡家的東西總有一天都是他的，這才沒有再無理取鬧……」

「他從那時候起，就堅信那是他的東西吧。」

這時，友野似乎想起了另一件事。

「上一代當家去世後，明成大人也向我打探過，石燈籠的水晶是不是被藏起來了。我跟他說水晶全都賣掉了……而且不止說一次，說了很多次，他壓根就不相信吧。他說才賠一點小錢而已，怎麼可能把水晶全都賣掉……」

「只信自己想信的事情，真是夠了。」清充大嘆一口氣。

「夫人，照這樣看來，我們也沒東西可還啊。」

「沒錯。不過，既然那位大伯執著石燈籠裡的水晶——」

鈴子看了石燈籠一眼，大伙也順著望過去。

「——那就斷了他的執著吧。」

「斷了他的執著？怎麼斷？」

「找石匠來毀了那座石燈籠，各位意下如何？」

清充啞口無言。「要……要破壞掉？」

「沒有比這更好的辦法了吧？反正石燈籠也沒東西可藏了。況且不這樣做，您那位大伯是不會離開的。」

「不會離開……」清充怕怕地看著石燈籠，但他生怕看到鬼，趕緊轉移視線。

「那、那好吧，就這麼辦。況且，大伯用來自殺的石燈籠，一直擺在那裡也很奇怪嘛。嗯，沒錯，買家一定也覺得晦氣吧。就這麼辦。」

清充連連點頭，迅速下達結論。

「那座石燈籠，是多幡家的象徵哪。」

生田龜有感而發。

「想不到竟然落得如此下場，我愧對多幡家的列祖列宗啊。」

「婆婆，多幡家沒有斷絕，只是奉還爵位而已啊。」

生田龜生悶氣不講話，清充困擾地抓抓頭。

鈴子起身走出檐廊，她似乎看到有個老人站在拉門前方。老人穿著破爛的羽織，上面還有多幡家的家紋。老人穿上這種正式服裝，是想宣示自己才是正統的當家吧。

——總之，都是家族糾紛鬧出來的，家大業大也很麻煩哪。鈴子想起了朝子姊姊曾經說過的話。

幾天後，清充捎來了消息，石燈籠毀掉以後就沒再鬧鬼了。

拜訪完多幡家，鈴子和孝冬按照原定計畫，中午一起去吃天婦羅。店家跟前幾天一樣，用當令的鮮魚炸天婦羅，鮮嫩的沙鮻、明蝦和星鰻，配上酥脆柔軟的麵衣，不管吃幾次都一樣可口。

「真好吃呢。」孝冬也讚不絕口，鈴子鬆了一口氣。上次她吃了這家店的天婦羅，也希望孝冬來嘗嘗這道美味佳餚。孝冬還沒享用之前，她對美食的感動好像少了一半，沒有畫下一個完美的句點，現在終於完美了。鈴子這次享用天婦羅，比上次更加津津有味。

「看樣子兩位姊姊也知道不少好吃的餐廳，有機會的話真想跟她們請教一番。」

「我姊姊說，要找我們幾個兄弟姊妹出來聚餐，你要一起來嗎？」

「哦！不錯喔，感覺挺愉快的。」

「那我跟姊姊說一聲。」

鈴子已經能想像兩位姊姊大喜過望的模樣了。

吃完天婦羅，店家端來一盤漆器，裡面放的是白桃。鈴子挑起一塊白桃放進嘴裡，鮮甜的果汁在口中四溢。明治時代以後，桃子才改良成適合食用的水果。過去主要是當成觀賞用的花卉，並沒有這麼好吃的果實，鈴子替古人感到惋惜。

「花菱家的伙食都沒什麼水果，今後我叫人多準備一些吧？」

「不必，偶爾享用一下才好啊。」

「是這樣嗎？不過鈴子小姐，妳喜歡水果吧？」

「我喜歡的食物很多，全都享用的話，我有幾個胃也不夠啊。」

所以，各種美食久久享用一下就夠了。這句話似乎戳中孝冬的笑點，逗得他哈哈大笑。

梅雨殉情時

今天一大早雨就下個不停，鈴子聆聽窗外的聲音，雨聲中萬籟俱寂，偶有幾滴雨水打在窗戶上。鈴子的心思都放在雨聲上，這時有人敲門了。

「夫人，阿若到了。」

是田鶴的聲音。

「我這就過去。」

阿若是田鶴推薦的侍女，鈴子約阿若今天碰面，再決定是否要雇用她。

鈴子在鏡子前面檢查頭髮有沒有亂掉，鷹孀也來幫忙整理衣襟。綁好的頭髮上插了一根銀製的髮簪，身上穿的是黑色的和服搭配淡粉色的羽織。今天的裝扮比較端莊穩重一些，但和服上同樣有百合花紋，羽織上頭也有條紋和胡枝子、石竹等花樣，更添幾分楚楚動人的華麗美感，髮簪上的小珍珠也搭配得恰到好處。

鈴子一來到會客室，正用手巾擦拭衣袖的年輕女子，趕緊從長椅上站起來。女子的髮型乾淨整潔，身上穿著略嫌樸素的銘仙和服，五官長得討喜又可愛。

「妳就是津島若？」

「是的。」阿若點頭答話，一看就是個乖巧的女孩。

「我是花菱男爵的妻子。」

鈴子簡單地自我介紹後，看了她的衣袖一眼。

「妳衣服濕掉了？」

「咦？」

衣袖是濕的，可能是被雨淋濕的吧。

阿若惶恐地說道：「真的非常抱歉，我、我沒有弄濕椅子——」

阿若抓起衣袖，驚恐地縮起身子，鈴子被她的反應嚇到了。

——啊啊！她聽成了別的意思。

鈴子對身後的鷹緒說。

「鷹緒，去跟田鶴拿幾條毛巾來吧。」

「明白了。」

阿若愣在原地不知所措，鈴子請她就座。

「坐下來沒關係。」

「咦……啊，好的。」

阿若怯生生地坐上椅子，鈴子也坐到她身旁。沒一會兒鷹緒回來了，還捧著幾條毛巾。

鈴子接下毛巾，一條墊在袖子的內側，另一條蓋在袖子的外側。濕掉的地方要趕快擦乾，否則會染上水漬。鈴子輕輕擦拭阿若的衣袖，以免傷到布料。

「希望不要留下水漬才好。」

「沒、沒關係的，這件衣服、只是柳原的舊衣店買來的便宜貨。」

阿若誠惶誠恐地答覆鈴子，但鈴子一看就知道她很珍惜這件銘仙和服。肩寬和袖子的尺寸都改得很合身，布料上也沒有明顯的汙漬。縫線的部分很乾淨，一絲灰塵都沒有，破掉的地方也縫合得很細心，不仔細看根本看不出來。鈴子光看她對待衣物的方式，就對她抱有極大的好感。

「夫人，剩下的讓我來就好。」

鷹嬸願為代勞，鈴子便把毛巾交給她，自己起身坐到阿若的對面。

「田鶴應該跟妳說過了，我需要侍女。聽說妳本來在當女傭，妳是在哪一家服務的？」

「我在新宿的藤園子爵家服務……那裡是子爵的姑媽住的地方。」

「宅子沒其他人了？」

「對，那位姑媽長年出仕宮中，並未婚嫁。宅子以前是另一位大人住的，後來那位大人去世了，就給青竹大人當住所。」

「青竹大人？」

「啊！就是那位姑媽。『青竹』是她在宮中獲賜的名字，她都要求別人那樣叫她。」

鈴子心想，還真是個性情乖僻的老婦人。

「那妳怎麼會辭掉工作呢？」

「這……」阿若低下頭，神色猶豫，似乎有些難以啟齒。但是她接下來說的話，完全出乎鈴子的意料。

「有一隻手，在榻榻米上爬——」

阿若的說法是這樣的。

她在四月上旬到青竹家任職，起初都還很正常。長年出仕宮中的青竹，不但有潔癖，對行住坐臥的禮法也十分講究，稍有不如她的意就絮叨個沒完。除此之外，工作本身倒是沒有太大的困難。宅子就是一棟小平房，只有三間和室。青竹本人的生活也很儉樸，女傭只有阿若一人，也不至於忙不過來。

不料，到了六月，陰雨綿綿的日子多了，阿若開始看到奇怪的東西。起初她以為有小貓跑到和室裡，看上去就像一隻小白貓躺在榻榻米上。阿若怕被潔癖的青竹看到，急急忙忙要趕走那隻小貓。

沒想到那並不是貓，而是一隻白色的手，而且只有手掌的部分。手掌在榻榻米上爬，手指活像昆蟲的腳一樣動來動去。

阿若嚇得癱軟在地，一不留神手掌竟然消失了。當時她告訴自己——肯定是我眼花看錯了吧。然而，那隻手掌異常慘白，皮膚底下紫色的血管，還有動來動去的手指頭，盤踞在她的心頭揮之不去。

三天後，阿若又看到那隻手。她在打掃和室的時候，眼角餘光瞄到了白色的東西。

——啊！不能亂看。

阿若的本能發出警告。室內充斥異樣的氣息，整個空間似乎被冰冷凝重的陰影覆蓋，肩頭感覺好沉重。本能告訴她，上一次果然沒有看錯。現在最好趕快離開和室，但她又不敢輕舉妄動，萬一動了，那東西爬過來該如何是好？一想到這個可能性，阿若就動彈不得。她知道自己不該看那隻手，可是不看也一樣恐怖。會不會那隻手已經爬到身旁了？阿若壓抑著急促的呼吸，悄悄移動眼珠子偷看。

慘白的手掌在室內爬來爬去，手指動個不停。阿若凝視那隻手，總覺得那隻手在找什麼東西。

窸窸窣窣……好像還有手指在地上爬的聲音，阿若渾身起雞皮疙瘩。那隻手的動作就像蜘蛛一樣。要真是蜘蛛那還好一點，用掃把趕到門外就行了。

突然間，阿若發現手掌爬過的地方，都有黑色的汙痕。手指每動一次，榻榻米上就有滴答滴答的聲響。原來那不是黑色的，而是深紅色……

——難不成是血？

阿若緊緊握住掃把，呼吸也更加急促，雙腳顫抖發冷。手掌爬到一半竟然停住了，緊接著改變方向，朝阿若衝了過來。阿若放聲尖叫，沒命地逃出和室。

「——青竹大人不相信我，她說自己住在那裡兩年多，什麼也沒看到，一定是我工作偷懶才找藉口騙她。可是，我真的沒有說謊，之前有好幾個女傭也看到了，這是青竹大人自己說的。她嫌我們這些女傭都是愛說謊的懶惰鬼，還說一定是其他女傭教壞我的——」

阿若臉色發青，雙手緊握在胸前。

「之前的女傭，也是因為這樣辭職的嗎？」

鈴子詢問阿若。

「那些女傭都是主動辭職的。呃呃，我不知道她們辭職的理由是不是都一樣。只是，我的上一任女傭，確實有說那棟房子非常詭異的。所以青竹大人大為光火，說我們兩個都故意講一樣的話來氣她，還要我立刻滾出去……」

「妳離開了嗎？」

阿若搖搖頭說。

「那是包食宿的工作，離開我就沒地方可去了。因此我拜託青竹大人收留，待我找到下一份工作。青竹大人也同意了，條件是找到新工作就要立刻離開，而且之前的薪水她一概不支付……」

「……」鈴子皺起眉頭不講話了。

「我之前也在華族家工作，那一家的老爺不幸破產，妻離子散不說，連房子也賣掉了。當然，所有傭人都被解雇，最後的薪水也拖欠著，根本拿不到。我真的沒錢了……」

說著說著，阿若泫然欲泣。「我找小慎商量，他說會幫我跟田鶴女士說情，然後──」

「妳說的『小慎』是哪位？」

阿若一驚，這才想起自己正在跟誰說話。

「非……非常抱歉。我是說，慎一郎……由良慎一郎。」

原來是由良啊，鈴子想起田鶴說過的話。

「你們從小就認識對嗎？」

阿若用力點點頭。

「對，我們在淡路島的花祥育幼院長大的。」

「花祥育幼院？」

鈴子沒聽過這地方，阿若顯得很意外。

「是孤兒院。就是……花菱家歷代經營的孤兒院……」

鈴子可訝異了——我完全不知道這回事。

「……淡路島那邊的事，我還不是很清楚。」

想來是分家經營的吧，鈴子嫁到花菱家還不滿一個月，不知道的事情可多了。尤其淡路島那邊的事情，她是一無所知。過去花菱家在淡路島發展的歷史，還有七月要舉辦的神事，這些都是她必須知道的事情。

——要祛除淡路之君，非了解不可……

「這就是田鶴推薦妳的原因嗎？」

「是。」

「那好，妳明天就搬來吧。」

「咦？」

隔了一拍，阿若喜笑顏開。

「這麼說——」

「妳就來當我的侍女吧。薪資之類的細節，讓御子柴總管來告訴妳，鷹孀。」

鷹孀離開房間去叫御子柴，鈴子又對阿若說。

「妳說青竹大人是藤園子爵家的人，是四谷的藤園家對吧？以前是公家。」

「對，聽說是很高貴的公家。」

「這是青竹大人說的？」

「對。」阿若點點頭。

——千津阿姨聽到這話，大概會覺得很可笑吧。

鈴子想起了千津阿姨。千津是父親的小妾，也是兩個姊姊的母親。千津本來是沒落的公家華族，以前當過藝妓。這番話要是讓她知道了，她一定會說，自賣自誇的公家都不是什麼好東西吧。

鈴子稍事思考後，開口說道。

「……這樣吧，明天我去青竹大人家走一趟。人家畢竟照顧過妳，我也該去打個招呼才是。到時候，妳搭我的車子回來就好。」

阿若有些疑惑。「夫人，您要特地跑一趟……？」

「妳跟我們花菱家有緣，不是普通的雇傭關係嘛。」

「這樣啊……」

「妳就跟青竹大人說，明天我會過去拜訪。」

「明白了。」阿若一臉困惑，但還是乖乖答應了。

御子柴敲門入內，鈴子起身離開，準備去打一通電話。由良站在階梯旁邊，舉止不若平時沉穩。他一發現鈴子到來，神情頗為尷尬，急著離開現場。

「你擔心阿若的話，我已經決定雇用她了。」

由良整張臉都紅了，鈴子一直以為他是個面無表情的青年，原來也有這種表情變化，感覺挺新鮮的。

由良行禮後快步離去，從背影看得出他的狼狽。鈴子欣賞完這個難得的景象後，走向了電話室。

孝冬回家後，鈴子告知了自己打算雇用阿若一事。

「是嗎？那女孩子合妳的意就對了？」

「她是個很愛惜物品的人，身上的銘仙和服保養得非常好。」

「原來如此，見微知著就是了。也對，妳那些名貴的衣服，總不能讓一個粗心大意的人來處理。」

孝冬脫下西裝外套，鬆開領帶，放鬆地坐在椅子上，鈴子也坐到他對面。

「我決定明天就讓她過來，所以明天我會去跟對方打個招呼。」

「妳指的是她的前雇主？」

「對。」

「為什麼？」

「就去打個招呼啊。」

孝冬蹺起二郎腿，意味深長地看著鈴子。

「嗯嗯，要打個招呼是嗎？——妳還沒跟我說，那女孩為什麼要辭職對吧？」

「聽說那邊不太平靜。」

「不太平靜？是雇主找她麻煩嗎？」

「不，不是那個意思……應該說，有鬼掌吧。」

鈴子重述了一遍阿若的說法。

「是喔，原來如此，只有手的鬼魂還真罕見。妳想去瞧一瞧是嗎？」

「我確實有點興趣……不過那是阿若單方面的說法，也得向青竹大人求證一下。」

孝冬摸著下巴思考了一會兒。

「這樣啊，那我也一起去吧。」

「你很忙不是嗎？況且這件事跟松印無關，我帶由良去就好。」

「妳要帶由良？」

「不行嗎？」

「倒也不是這麼說……」

「那就這麼說定了，我明天就去一趟。」

鷹孀端來茶水，鈴子喝了一口茶，換了另一個話題。

「對了，聽說阿若和由良從小就認識了，他們好像是在花祥育幼院長大的。」

孝冬一時反應不過來，愣愣地想了一會兒。

「啊啊！妳說的是花菱家經營已久的孤兒院對吧。好像從江戶時代就開始經營了，明治維新以後宗家來到東京發展，孤兒院就交給分家負責了。我也沒去過，聽說我大哥偶爾會去視察。」

「原來是這樣，我都不知道呢。」

「淡路島那邊的花菱家，老實說我也不太清楚。我多半都是去薰香工廠，分家那邊也只去過幾次，神社也是交給分家管理的。」

「花菱家的家譜，是不是也在分家那裡？」

所謂的家譜，就是記載家系圖或家族簡歷的東西。

「照理說是那樣，記載花菱家歷史的一切史料都在神社那邊，由分家負責管理，神社的起源也是分家比較清楚。歷代的家系圖也在神社的保管庫裡。」

「這麼說來，想要查出淡路之君的底細，還非得去一趟淡路不可。」

「是沒錯。反正下個月我們得去淡路島舉辦神事，到時候再調查就行了。」

「那是怎樣的神事啊……」

「算是一種祕祭，不像山王祭那樣熱鬧。」

所謂的山王祭，是指日枝神社的祭典。本祭在陽年舉行——亦即子、寅、辰、午、申、戌這幾個年分，日期分別是六月十四、十五這兩天。江戶時代又稱為上覽祭，是連幕府將軍都會蒞臨的盛大祭典。現在祭典的規模已經沒有往年隆重，但仍有熱鬧的藝閣和花車遊行。麴町的居民會在門外掛上燈籠，但這屬於一般老百姓的祭典，跟華族無緣。

「這樣說好了，我們每天早上不是會焚香嗎？妳就當成比較慎重的焚香儀式就行了。我們每天早上焚香，其實就是簡化版的神事。」

「是嗎？……所以，到時候也要我來焚香嘍？」

「嗯，是這樣沒錯。儀式不會很難，不用擔心。」

孝冬說得雲淡風輕，但鈴子很懷疑這句話的真實性。

「淡路島也有很多好吃的東西喔，鈴子小姐妳一定會喜歡的。」

「你唷，又講這種話來哄我……」

孝冬似乎以為，只要有好吃的東西就能討鈴子的歡心了。他的想法如此單純，老實說也挺可愛的，因此鈴子也就沒否認了。更何況，能一飽口福也不是壞事。

「瀨戶內島那邊很棒喔，有各種山珍海味……」

孝冬列出一大堆美味可口的料理，包括鯛魚飯、河豚生魚片等佳餚，鈴子聽在耳裡，內心神往不已。

車子從麴町開過外濠前往四谷，進入新宿之前，沿路還看得到路面電車。這一帶過去叫內藤新宿，屬於驛站城鎮。驛站附近通常都有妓院，到了明治時代，皇室擁有的新宿御苑就在南邊，妓院開在附近有礙觀瞻。所以兩年前，遷到了更北邊的新宿二丁目的空地，形成了新宿遊廓。

再往西走則是新宿車站，新宿車站是東京近郊的交通樞紐。再過去是淀橋淨水廠，這是明治三十一年成立的淨水廠，鈴子搭的車子沒往淨水廠走，而是拐過巷弄往北走。一路上都是沒落的商家，開了一段距離才看到宅院的高牆，宅院後方有一間不起眼的獨棟房，外圍有竹籬笆。明明是大白天，房子卻有些陰森，可能是被宅院的陰影遮住的關係吧。

鈴子下車走向玄關，由良跟在後頭。天上沒下雨，空氣卻很潮濕。鈴子穿著淡綠色的紋紗縐綢和服，上面有百合和芙蓉的染色花紋。腰帶是青瓷色的紗羅織品，有各式染色花紋和精美刺繡。

羽織用細緻的技法織出了澤瀉的花紋，色彩揉合了白色到柳色的漸層，共有三面家紋。腰帶飾品鑲有珍珠和鑽石，髮簪也是相同的款式。今天鈴子的裝扮涼爽又不失奢華，造訪這樣一棟小房，甚至有太過奢華之嫌。

「打擾了。」

鈴子氣定神閒打了聲招呼，門內立刻傳來充滿朝氣的應門聲。是阿若來了，她打開門一看到鈴子的裝扮，感動得張大嘴巴。

「阿若，誰來啦？」

屋內傳來沙啞又冷硬的說話聲，聽起來像在罵人。

「是花菱男爵夫人來了，青竹大人。」

隔了一拍後，屋內的人說道：「讓她進來。」

這口吻聽起來很傲慢。阿若請鈴子進門，她看到由良也來了，露出開朗的笑容，反應無比純真。

阿若帶鈴子到客廳，壁龕前坐著一名嬌小瘦弱的老太婆，身上穿著有家紋的黑色羽織。她上下打量鈴子，光看眼神就知道對鈴子沒好感。阿若帶鈴子進房後，先行離開了。

「怎麼？聽說你們要雇用阿若，還特地來跟我打招呼是吧？大老遠跑來真辛苦啊。」

青竹稍微點頭致意，伸手示意鈴子坐上面前的坐墊，鈴子撩起羽織的下襬就座。

「我直話直說妳也別見怪，我是不太贊成你們雇用那孩子。可是你們都談好了，那也沒辦法。話說回來，昨天談好今天就要走，找到新工作就這麼走人，也沒個緩衝時間，我來不及準備新的女傭啊。」

鈴子才剛坐下，青竹劈頭就是一串嫌棄。鈴子其中一邊眉毛抖了一下。

「……我聽說，阿若是被您解雇的。」

鈴子沉著反問，青竹用力點點頭說。

「沒錯。那孩子懶惰不說，還喜歡撒謊。是她拜託我收留一陣子，讓她有時間找工作，我才好意收留她的。」

「那麼，現在她找到工作了，不是應該皆大歡喜？」

鈴子依舊冷靜答話，接著又說道：「聽說，是您吩咐她找到工作就要離開對吧？所以我才想，擇日不如撞日啊。」

「這……，是沒錯，但妳一下子帶走她，我沒女傭可用，很困擾啊……」

「少了一個免錢的女傭可用，讓您很困擾是嗎？」

青竹先是愣了半晌，之後整張臉都氣紅了。

「妳……妳這人也太無禮了！妳是怎樣？我可是好心收留她，哪有人像妳這樣講話的？男爵夫人沒學過禮儀的嗎？」

青竹憤怒叫囂，全被鈴子當成了耳邊風。鈴子目光瞟向檐廊，內側的拉門和外側的玻璃拉門都是開著的，庭院只有一丁點大，對面就是竹籬笆。鈴子注視的不是庭院，而是檐廊的邊緣，有個男子探出半顆腦袋，偷看室內。

男子躲在檐廊下，只露出半張臉，眼珠子左右移動。鼻子以下的部位都看不到，臉皮毫無血色，頭髮剃得很短，寬額頭上有一對稀疏的眉毛。泛黃的眼白布滿血絲，鈴子甚至看到男子的單眼皮痙攣顫抖。瞳仁漆黑混濁，卻散發出異樣的光彩，那是一種陰鬱凝滯、執念深重的眼神，彷彿被盯上就再也甩不掉了。腦袋旁邊還有一隻手，指尖攀在檐廊上，手指蠢蠢欲動，慢慢往檐廊上爬。而且還四處摸索，一點一點地移動，像在確認地板的觸感。

「咿。」

外頭有人發出驚叫聲，阿若端著茶水愣在檐廊邊。瞧她面色蒼白，鈴子以為她也看到了那個男子。事實不然，阿若的視線緊盯著客廳，正確來說是壁龕前面，青竹的身後。

原來那裡有一隻手，只有手掌的部分，在地上爬來爬去。五根手指窸窸窣窣，在榻榻米上移動。

「啊……啊……」

阿若渾身發抖，托盤上的茶碗和茶托也晃個不停。

「妳在幹什麼，阿若？還不快過來。」

青竹皺起眉頭罵人，阿若根本聽不進去，她的注意力全都放在那隻手掌上，似乎看不到那個在檐廊邊偷看的男子。鈴子也望向客廳裡的手掌，阿若所言不差，那隻手掌的動作很像蜘蛛，人類的手指不會有那種移動方式。粗獷的手掌每動一下，就會浮出肌肉的紋理和紫色的血管，指甲縫又紅又黑，鈴子連這些細節都看得一清二楚。

手掌爬過的地方，都有滴答滴答的聲響，鈴子一看就知道那是什麼。是鮮血，全都是從手腕流出的鮮血。阿若有一個細節沒講到，那隻手掌的手腕部分血肉模糊，血就是從那裡滴出來的。鈴子轉移視線，血肉模糊的東西她不想看得太清楚。無奈她還是不小心看到了，爛掉的血肉也看得清清楚楚。

阿若大概沒看得那麼清楚吧，檐廊邊的男子她應該也沒看到，不然她的恐懼不會只有這點程度。

「有、有手。」

阿若牙根打顫，仍然勉力開口。

「有手——青竹大人。」

「妳還跟我講這些渾話。」

青竹狠狠瞪視阿若，她好像看不到那些東西。

「忘恩負義的傢伙，都要走了還滿口謊言——」

「阿若沒說謊。」

鈴子出言相挺，青竹略吃一驚，不再說話了。鈴子伸手指向榻榻米，手掌就在青竹的左前方爬來爬去。

「那裡有一隻手在爬。」

青竹嚇了一跳，往鈴子指示的方向望去，她的視線游移不定，顯然看不到那隻手。

「什麼東西也沒有啊。怎……怎麼連妳也胡說八道。妳是跟阿若串通好了，聯手侮辱我們藤園家是嗎？告訴妳，我們藤園家可是歷史悠久的公家，先祖還當過大納言❾，區區一個男爵夫人和女傭沒資格說三道四。妳以為我不曉得？妳是貧民區出身的對吧？唉唷，真是低等下賤！穿上華貴的綾羅綢緞，也掩飾不了妳的低賤啦——」

青竹罵得口沫橫飛，鈴子默默看著對方失態。看不到鬼的人會生氣也無可厚非，自己住的地方被別人講得鬼影幢幢，不好受是理所當然。不過，這跟輕蔑侮辱對方是兩回事，都活到這麼大歲數了，還不會合理表達自己的憤怒，鈴子有點同情這個老太婆。

看鈴子不動如山毫無反應，青竹敗興不再說話了。她用力呼吸，試圖平復情緒，眼神尷尬倉皇，顯然不知如何自處，最後乾脆別過頭說。

❾大納言：日本朝廷的公卿。

「已……已經談夠了，沒事就請回吧。阿若，快點收拾妳的包袱滾出去，動作快。」

青竹像在趕野貓野狗一樣，揮手叫人滾蛋。那隻手也神不知鬼不覺地消失了。

「那我們告辭了。」

鈴子起身準備離開，像影子一樣隨侍在後的由良也跟著站起來。鈴子臨行之前，轉身俯視青竹。

「我老家那邊的親戚，也有人出仕宮中。我對宮裡的事情不甚熟悉，聽說那親戚好像當到權掌侍⑩還是內侍⑪吧？獲賜的名字叫荻。」

青竹聽得臉都綠了。

「華族之間，難保不會在某些時機或場合，因為一些特殊的緣分扯上關係——華族貴為國民表率，更該重視名譽才對。您既以『歷史悠久的公家』自詡，那還是不要做出占女傭便宜的勾當才好。」

鈴子平淡地說完這段話，還不忘低頭行禮。走之前她看了檐廊一眼，那個偷窺的男子也消失了。走向玄關時，由良以一種疑惑和好奇的語氣問道：「夫人，您剛才說那番話的意思是……？」

「那位青竹大人，並沒有出仕宮中的經驗。」

鈴子若無其事地道出真相，由良卻嚇得倒吸一口氣。

青竹只有參加過女官的遴選儀式，沒有出仕宮中，這些消息是鈴子昨天打電話回瀧川家，向千津問來的。公家華族的內情問她最清楚了。鈴子剛才說有親戚出仕宮中，指的正是千津的親戚。千津娘家那邊的親戚，有人從明治天皇時代就出仕宮中了。

——「了不起的公家」？這她自己說的？

鈴子把阿若的話轉述一遍，果不其然，千津冷冷笑道。

——愛吠的狗，果然沒一頭中用的。

這是千津的評語，毒辣的程度遠超出鈴子的想像。鈴子不打算把話說得那麼難聽，但青竹解雇女傭後還讓人家做白工，實在太過分了。因此，鈴子才給她一點教訓。

來到玄關，阿若已經抱著包袱久候多時了。

「沒其他行李了？」

---

❿掌侍：後宮內侍司內的三次官。

⓫內侍：現在所說的內侍，通常是指掌侍。

「對。」阿若點點頭。

「你幫她拿行李吧。」鈴子轉身叫由良幫忙。

一行人上車後，外頭下起了雨。

「請問……」

阿若坐在鈴子身旁，一副誠惶誠恐的模樣，好奇地觀察車內。

「夫人，那個……您看得到那隻手嗎？」

「是男人的手對吧。」

阿若吃驚地看著鈴子。

「咦？是這樣嗎？我沒看得那麼清楚……小慎——由、由良先生，你看到了嗎？」

阿若對副駕駛座的由良搭話。

「沒看到，我看不到那些東西。」由良沒轉頭，口氣也很冷淡。

「是喔……青竹大人也看不到……那到底是什麼啊？鬧鬼竟然只鬧一隻手。」

「不是只有一隻手喔……」

「咦？」

鈴子想起剛才看到的男子。男子神態異常，散發不祥的氣息，並非普通的鬼魂。鈴子聯想到另一個鬼魂，她之前看過一個在牆上爬的女鬼。孝冬稱之為『魔』，檐廊邊的男子，或許也稱得上魔吧。

——阿若繼續待在那個家，不曉得會出什麼事。

「……妳以後別再去那裡了。」

「好。」阿若一臉不解，但乖乖答應了。她的年紀比鈴子大，卻像個小妹妹一樣，會勾起別人的保護欲。

雨水打在車窗上，雨勢似乎變大了，不時會聽到滂沱的下雨聲。阿若望著被雨水打濕的車窗。

「那個……夫人。」

阿若出神看著雨水流過車窗，開口說道：「我……我離開淡路島，第一次去雇主家拜訪的時候，也是下雨天。」

阿若輕聲細語，幾乎要被雨聲蓋過。

「那一天，我身上的衣服也淋濕了……當時我穿的是木棉和服，那是我最好的衣服了。其他下人帶我去見女主人，對方的臉色非常難看。她說，不要把落湯雞帶到她面前，不然地毯會弄濕。我……」

阿若凝視自己膝頭上的雙手。

「昨天夫人幫我擦衣服，我真的好高興。」

鈴子端詳阿若的側臉，阿若羞得臉都紅了。

「對……對不起。我、我不該跟夫人說這種無關緊要的話……人家常罵我，說我這個人就是話多。」

「……說出自己的想法，怎麼算是廢話呢。」

語畢，鈴子看著被雨水打濕的車窗。

——自己的價值比不上一塊地毯，想必很難受吧。

鈴子只是幫她擦衣服，她就這般感恩戴德，不難想像她受的傷有多深。

「我想多聽妳聊一聊自己的事。」

鈴子不只想聽阿若的故事，她也想了解田鶴和孝冬的故事——

阿若眉開眼笑，整個人靠上副駕駛座。

「欸，你有聽到嗎，由良先生？」

話一說完，她又立刻坐回後座，片刻也靜不下來。

「夫人，由良先生總是嫌棄我話多。不過，夫人都許可了，那我多說一點沒關係吧，是這樣沒錯吧？」

阿若開心地說個沒完，由良偷瞄鈴子一眼，似乎在嫌這位女主人多嘴。

隔天。

「今天藤園子爵家的總管，有來拜訪我。」孝冬晚上回家，跟鈴子聊起這件事。鈴子去青竹家拜訪的經過，都有說給孝冬聽。

「找到你的公司去？」

「對啊。」

孝冬從外套口袋拿出一個信封。

「這個請妳拿給阿若，是她工作到昨天的薪資。」

「藤園家願意出這筆錢了？那就好。」

「聽說，藤園家根本不曉得做白工這回事。不僅如此，子爵的姑媽——好像叫青竹大人是吧？還吞了子爵家要付給女傭的部分薪資。」

「這樣啊。」

「少給的也算在內了。而且，多的應該算遮羞費，子爵家的總管還拜託我們保密呢。」

子爵家怕被抖出來的，是青竹謊報經歷一事，這才是他們關心的重點。雖然青竹只是騙騙不懂事的女傭，但這件事被抖出來可吃不了兜著走。

「藤園家對那位姑媽也很頭疼，以前一家人都住在四谷，那位姑媽就跟大家處不來，後來自己搬到新宿的空屋去住。剛開始藤園家也派女傭去照顧她，但她對下人脾氣很大，大家都不想去。子爵家另外雇人去幫傭，也都幹不久，而且整天謊稱自己當過女官，鬧到子爵家的人都知道了。這一次她解雇阿若，要求子爵家雇用新的女傭，子爵家受不了她無理取鬧，要求她給一個說法，做白工的事情才東窗事發。這次子爵家也無法再放任她了，聽說近期就要她搬回四谷的宅子。」

「那麼，新宿那間房子就沒人住嘍？」

「是啊。未來好像要當成隱居用的別墅，就委託我處理了。」

「委託你處理？」

「驅邪啊。」

鈴子的腦海中，浮現那隻亂爬的手掌，以及偷窺的男子。

「……照你的講法，藤園家也知道那房子鬧鬼？」

「是這樣沒錯。之前也有好幾個女傭看到鬼，他們無法置之不理了吧。」

「意思是，藤園家對於鬧鬼的原因有頭緒？」

「豈止有頭緒，是大有頭緒。那裡以前是子爵的妹妹住的地方，子爵的妹妹身受重傷，為了避人耳目就住在那裡療養。」

「身受重傷……？」

「子爵的妹妹跟華族結婚，婚後卻跟夫家的司機殉情，結果被丈夫給休了。那是幾年前發生的事，妳還記得嗎？就是鐵路殉情事件。」

「啊啊——」

鈴子隱約記得有這麼一回事。華族女子跟下人私奔或殉情時有所聞，鈴子也沒有一一去記那些人的家世姓名。

「兩個人一起衝向鐵道，司機死了，夫人卻活了下來。身上斷了很多根骨頭，傷勢相當嚴重。」

子爵的妹妹出院後，家人也不准她回去，她只好到新宿的房子隱居。

「那位夫人怎麼樣了？」

「已經過世了，受傷以後身子就很虛弱，撐不過那一波流感疫情。」

「原來是這樣啊……」

語畢，鈴子側過頭想了一下。

「這麼說來，那房子裡的鬼魂是……」

現身的不是女鬼，而是男鬼，那就代表不是夫人。

「據說，夫人對鬧鬼的事也很頭疼。那個男鬼……妳也猜到了吧，就是跟夫人在一起的那個男的，殉情自殺的司機。」

鈴子皺起了眉頭，又想起那隻爬來爬去的手。那隻手好像在找什麼東西。

「那個男的賴在夫人的住處不走，藤園家才拜託我驅邪。」

「你答應幫忙了嗎？」

「答應了。」

「為什麼？」

「妳問我為什麼……」

「這件事跟松印沒關係啊。」

孝冬一時無語，眼神有些心虛。

「呃呃，是沒錯——不過，就當做個順水人情嘛。難得有這緣分認識，不幫忙也說不過去對吧。鈴子小姐，妳也很關心這件事吧？」

「話是這麼說沒錯……那你打算如何驅邪呢?」

「我好歹也知道一些驅邪用的祝詞。但當務之急,是調查那位夫人和司機,也許能找到方法讓他們安息。萬一找不到,我再拒絕這個委託就好。」

「這樣啊。」

鈴子直視孝冬的雙眸。

「那調查工作交給我來吧。」

「妳要自己來?不好吧——」

「你工作忙,我來調查更為妥當啊。」

「是喔……」

孝冬似乎不太能接受這說法。

「我會帶由良去,不用擔心。」

「妳也帶鷹嬸一起去吧,她是妳的侍女啊。」

「就這麼辦。」

孝冬總算同意了,他嘆了一口氣說。

「妳要去藤園子爵家拜訪對吧?我先幫妳聯絡。」

「那就麻煩你了。」

「切記，千萬不要亂來喔。」

「我從沒亂來過啊。」

孝冬稍事思考後，說道：「……我還是先囑咐鷹嬸好了。」

鈴子看不懂孝冬臉上的笑意是什麼意思。

「那些事情我不清楚啦。」

藤園子爵夫人接見鈴子時，臉上的厭煩表露無遺。她口中的「那些事情」，是指鬧出殉情事件的那兩個人。

「再說了，那是她嫁到夫家發生的事情啊……」

「那好，我去問問她夫家的人吧。」

鈴子正要起身，夫人連忙制止。

「妳這樣我很困擾，妳跑去給人家添麻煩，被罵的是我啊。延子小姐是被夫家給休的，我們兩家已經沒任何關係了。」

延子就是殉情事件的當事人，生前也是嫁給公家華族，不但外遇還鬧出了殉情事件，子爵夫人對她很感冒。子爵夫人的娘家並非華族，手上卻有莫大的資產，據說在這件事上也花了不少錢補償延子的夫家。如今鈴子要跑去舊事重提，子爵夫人當然不樂見。

「關於延子小姐的事情，妳問我們家總管吧。」

子爵夫人吩咐女傭把總管叫來。她的小姑把娘家和夫家的名聲都砸了，她一點也不想提到那個小姑。

總管來了以後，子爵夫人交代他。「跟這位客人說說延子小姐的事吧。」

之後，子爵夫人又對鈴子說：「我接下來還要去學謠曲⓬，師傅就快到了，失陪了。」

子爵夫人起身離席，總管目送夫人離開後，轉身對鈴子道歉。

「前些天的事，讓您見笑了。」

總管擦擦汗，代替青竹低頭致歉。

「不會。」鈴子簡短回應。

「給您添麻煩實在過意不去，但在下還有一個不情之請，拜託夫人務必保密啊……」

⓬謠曲：一種詩歌形式，通常是與音樂結合的敘事。

「我明白。」

「那位大人從以前就愛胡鬧……她謊稱自己當過女官，也沒什麼別的意思——」

「我今天是來請教延子大人和司機的事情。」

鈴子打斷了空洞的廢話，直接切入正題。

「是你們主動提出要驅邪的吧？」

「是，正是如此，夫人所言極是。」

「我聽說，延子大人以前住在那裡，也對鬧鬼的事情很頭痛？」

「對，聽說是這樣……延子大人說來也真可憐，四肢和五官都受了重傷，只好待在那裡療養，而且幾乎沒法起身活動……老實說，我們也希望讓她回來接受更好的照料。但這畢竟不是單純的意外，世間輿論可畏，宗主大人才狠下心來……」

老總管一臉慚愧地說起往事。

「有派女傭去照顧她？」

「有的，延子大人有一名專屬侍女，陪著她一起到夫家。意外發生後，那位侍女也細心照料延子大人……是忠心耿耿的女傭，只不過——」

「只不過什麼？」

「她說，山邊就在那棟房子裡。」
「山邊？」
「就是那位司機，那個拐騙延子大人，跟她一起殉情的司機。」
老總管的表情充滿悔恨與不甘。不管真相如何，至少從他的角度來看，自己從小照顧的千金就是被那個司機「拐騙」的。
「據說，延子大人睡到一半厲聲尖叫，女傭衝過去瞧個究竟，就發現山邊在檐廊下探頭探腦的。」
「在檐廊下……」
跟鈴子看到的應該是同一個鬼魂吧。
「所以那位女傭也看到了？」
「正是。她有看到那個鬼魂的臉，認出是那位司機，後來……」
老總管臉色發青，吞了一口口水。
「後來，有手在家中亂爬。」
斷掌在地上爬來爬去，尋找延子的身影。
「……山邊被列車撞死後，好像右手掌也斷掉了。斷掌就在和室裡亂爬，而他本人想從檐廊爬入室內，那位女傭是這麼說的。」

這棟大宅子還有地方躲，那間小屋子可沒有。

「延子大人不堪其擾……也難怪啦。阿好她——就那位女傭，每次都會拿掃把趕走那隻斷掌，那隻斷掌也就消失了。她還把拉門關起來，不讓延子大人看到檐廊。可是，一個不留神那隻斷掌又來了，嚇得延子大人心神不寧……沒兩個月就去世了。」

老總管難過得垂下肩膀。

「這裡是延子大人生長的地方，要是她能回到這裡度過人生最後的時光，多少也算是一點慰藉吧。可惜天不從人願，真是太可憐了。」

老總管很同情延子，鈴子觀察老總管愁眉苦臉的表情。

「延子大人是被逼著嫁人的嗎？」

鈴子喃喃說出推測，老總管眨了眨小眼睛，抬起頭說。

「這，也沒什麼逼不逼的……延子大人對婚事並沒有不滿哪。」

若不是對婚事不滿，又豈會跟司機外遇？老總管似乎察覺到了鈴子的疑慮，低下頭來回答鈴子。

「我們藤園家的歷史，可追溯至天正時代之前，雖不及攝家和清華家，但也不是一般的公家。按家世來看，本來應該冊封伯爵才對——」

天正年間，那可是織田信長和豐臣秀吉的時代，也是正親町天皇、後陽成天皇的時代。比那個年代還要久遠的公家，稱之為舊家；之後從舊家分支出去的公家，則稱為新家，這也是區分公家家世高低的標準之一。

攝家、清華家、大臣家是無庸置疑的名門。攝家是指能當到攝政和關白的家族，清華家能當到太政大臣⓭，大臣家能當到內大臣⓮，世稱「五攝家、九清華、三大臣」家族，這十七個家族是名門公家，其他公家都稱為平堂上家。這也是公家的區分法之一，其中又有「舊家」和「新家」的差異。

平堂上家又分為羽林家、名家、半家。藤園家既是舊家，也是羽林家。羽林家除非功勛卓著，否則都只冊封伯爵和子爵，子爵占大多數。當過大納言的人數較多的家族，就受封伯爵。很遺憾，藤園家與伯爵之位無緣。

⓭太政大臣：最高官位，屬於宰相級職務。
⓮內大臣：官名，為太政官之一。

公家的家世就是如此複雜。

「所以從家世來看，當事人無權決定自己的婚事就對了。」

老總管開始滔滔不絕講起藤園家的歷史，鈴子做出一個單純明快的總結，不讓對方繼續說下去。

老總管輕咳一聲，嚴肅地點點頭。

「是的，如您所說。因此，延子大人從小就明白這個道理。尤其這樁婚事，是跟清華家的後人共結連理，豈有不高興的道理——」

「你是說，延子大人也很期待這樁婚事？」

「啊……不是，是上一代當家和他的夫人……他們也都去世了。」

「這樣嗎？那延子大人嫁入名門後，就跟那位司機好上了？」

「這……山邊是夫家那邊的司機，詳細情形我也不太清楚。總之，過從甚密的關係被揭穿以後，山邊就丟了工作。當時夫家還不打算休掉延子大人，直到殉情事件發生……」

老總管神情落寞，不懂自家小姐為何要幹出那種傻事。

「那個叫山邊的司機，好像是當地農家的次子，居然敢高攀我家小姐。在過去，延子大人可是他那種人一輩子都見不到的公家千金。他不但拐騙延子大人，連死後都陰魂不散，害死了延子大人。」

——兩人會相約殉情，代表他們是兩情相悅吧……？

這話在老總管面前可說不出口，更何況……

——都願意一起死了，為何女方一看到男方的魂魄，就嚇成那副德性？

愛活人不代表也愛死人就對了？

「……你說，照顧延子大人的女傭叫阿好對吧？她還在這裡工作嗎？」

鈴子幾經思考後，提出了這個問題。

「是，還在這裡工作。」老總管給了正面的答覆。

「那麼，讓我跟那位女傭談談吧。那個叫山邊的男子，若真的變成鬼來鬧，我得摸清他的底細才行。山邊的雇主是延子大人的夫家，本來我該向他們打聽才對，但你們家夫人不希望我去叨擾。」

「明白了。」

過了一會兒，來了一名五十多歲的婦女。神情憔悴，面黃肌瘦。

「關於那個叫山邊的司機，我有問題想跟妳請教一下。」

阿好無精打采地點點頭。

「夫人想問什麼？」

「這個嘛，先說說他的名字和歲數吧？」

「名字叫增吉，增加的增，吉祥的吉。年紀……當時應該是三十五還三十六歲吧，我也不是很清楚。」

「聽說他是夫家雇用的司機？」

「是的。」

「那可否請教一下，延子大人跟他是如何發展成親密關係的？」

阿好臉色一沉，或許不想再談那件事吧。然而，事實正好相反。

「他們根本沒有親密關係。」

「咦？」

鈴子不懂那句話的意思。

「延子大人和山邊一點關係也沒有。」

阿好以顫抖的語氣，斷定了二人的關係。

「妳這話——」

鈴子皺眉反問。

「妳這話是什麼意思？」

「我跟宗主大人，還有夫家那邊的老爺說過很多次了，延子大人跟山邊只有三言兩語的交流，並沒有做出踰矩的事情。」

「……換句話說，他們沒有不可告人的關係……？」

阿好用力點頭。

「我就說了，他們根本沒關係啊。延子大人只當他是一般的司機，沒有任何想法。」

鈴子感覺頭皮發麻，阿好提供的訊息十分關鍵，足以顛覆整件事的全貌。

「……妳的意思是，延子大人並未外遇，這一切都是誤會？」

阿好再次點頭。

「真的是誤會，延子大人沒有任何不軌的念頭。」

「妳說『延子大人沒有』——意思是？」

「都是山邊自作多情。」

阿好落寞地垂下頭說：「其實旁人一眼就看得出來，山邊對延子大人有不軌的企圖。延子大人上車或下車時，他都對延子大人毛手毛腳，還一臉賊笑，眼神更是猥瑣……搭車時也是如此，有我在一旁他只敢閒話家常，聊一些天氣的話題，可是口吻格外親暱、熱絡。延子大人獨自搭車時，他甚至還大膽求愛，完全沒了分寸，真是恬不知恥。延子大人也委婉拒絕了，但他卻聽不懂人話……有一次，我嚴厲斥責山邊，當時他嘴上道歉，表現得也很惶恐，不料——」

根據阿好的說法，山邊被斥責後更加想不開，竟然潛入延子的寢室。劣行被管家發現，引起了不小的騷動。山邊向雇主坦承自己對延子的情意，想當然就被開除了。

「我們以為這一切都結束了。」阿好繼續說道。

可是，延子的丈夫懷疑二人有染。山邊做出這種事不可能是單純的自作多情，一定是延子也有逾越之舉。不只丈夫懷疑，連家中的下人也不相信延子，延子在夫家如坐針氈，心神大為耗弱。

「……現在我還是很後悔，那天雨夜不該讓延子大人赴約的。」

後來，山邊拜託幾個關係較好的同事，偷偷傳信給延子。信上表明，希望延子到宅子外頭見他一面。

「延子大人很同情他的際遇，山邊素行不良被解雇，自然拿不到推薦信，也沒有人願意雇用他。聽說只能住便宜的破旅館，每天打零工維生……而且對延子大人還是一往情深……延子大人看他可憐，打算拿點錢接濟他。」

阿好以顫抖的語氣說，同情那種人就是一個錯誤。

「不料，山邊拐走了延子大人，他強押延子大人坐上人力車，延子大人被嚇呆了，也不曉得自己被帶到哪裡，只知道天上下著雨，四周一片昏暗。山邊抓起她的手，把她拽到鐵路旁邊。」

——跟我一起死吧。

據說，山邊要求延子陪他一起死。眼看列車逼近，延子不敢再進一步，無奈山邊強拉她前行。山邊癲狂的眼神，激起了延子掙扎求生的本能，雖然不足以甩開對方，但僥倖逃過一死。山邊被列車衝撞，當場死亡；延子則被破碎的屍塊撞擊，身受重傷。延子倒在鐵路旁邊性命垂危，山邊的斷掌還緊緊抓住她不放。延子被送到醫院後，醫生好不容意才拿下斷掌，延子白皙的手腕上，還留有很深的指痕，不時隱隱作痛。

「延子大人差點沒了性命。不，從那一天起，延子大人就與死無異了……報紙誣衊她是妖女、淫婦，她不但承受世間非議，丈夫不相信她，連老家的親人也痛罵她不守婦道……您可知道，延子大人的姑媽是怎麼說的？說延子大人是敗壞門風的無恥賤婦。

延子大人都已經身受重傷，不良於行了，那姑媽還當著她的面破口大罵。我不斷解釋這是一場誤會，延子大人被惡漢謀害，她才是被害者啊。所以，我拜託宗主讓延子大人回到這裡休養，不要把她一個人丟在那小房子裡。結果，宗主悍然拒絕了。他說，就算延子大人沒錯，也沒有方法證明這一點。世間只會說我們藤園家是卑鄙小人，把過錯都推給一個死人……所以在風頭過去之前，不可能讓她回來。」

說到這裡，阿好掩面哭泣。她的頭髮乾燥粗糙，髮髻上也散落不少髮絲。鈴子不曉得該如何安慰她，只能一直盯著她的頭髮。

——被世人唾棄，就再也翻不了身了，華族更是如此。

山邊沒死的話，或許還有澄清的方法，延子可以表明這一切都是對方自作多情，自己不但被設計，還差點丟了一條命。然而，對一個死人是無從辯駁的，說再多只會損害自家的名聲罷了。

——延子的絕望，一定難以想像吧。

「搬到那間房子休養，延子大人也沒能過上安生的日子。山邊陰魂不散哪，那個男的死了以後，還纏著延子大人不放，死後仍緊抓延子大人的那隻斷掌，也到處尋找她的身影。山邊本人還想從檐廊爬進她的寢室，真是齷齪……令人毛骨悚然啊。延子大人千不該萬不該被那種人愛上啊，這又不能說是單純的倒楣，但除此之外又找不到更好的解釋……延子大人太可憐了……」

除了阿好的啜泣聲，室內再無其他聲響。

「我倒希望……我倒希望延子大人化為冤魂，給這個家的人一點教訓。」

阿好哀怨地喃喃自語，隨即一驚，趕緊摀住自己的嘴巴。

「不是，我不是那意思——」

「我會當沒聽到。」

鈴子要阿好放心，接著又說。

「化為冤魂，那才是永世不得安息，現在延子大人，終於安息了不是？」

阿好再次掩面哭泣，鈴子也明白這種空洞的話，安慰不了任何人。死後才能得到安寧，這種人生未免太可悲了——鈴子難過得咬著嘴唇。

等阿好哭完，鈴子也告辭了，她帶著鷹𡡉和由良走出玄關，回頭眺望藤園家的宅院。藤園家是融合洋風的日式建築，迎賓待客的房間是洋房，外觀則是日式的宅院。陰天下的屋瓦更顯漆黑，凝重的烏雲懸掛上空，幾乎罩住了整座宅院。

鈴子一上車，就對駕駛座上的司機說：「宇佐見，你有認識其他華族家的司機嗎？」

宇佐見訝異地回過頭說：「沒有，我不認識其他司機……司機之間很少有私交的，可能也要看人吧。」

鈴子想了想，對宇佐見下達指示。

「是嗎……那好，你現在開去我說的地方。」

鈴子要去千駄谷的某座宅院，那裡是延子的夫家。

「車子不要開到正門，停在後門就好。然後你告訴他們家的人，就說我們的車子出了一點問題，請他們的司機幫忙看一下。」

宇佐見笑了，似乎對鈴子要做的事情頗感興趣。

「我懂了，叫司機過來就行了是吧？只要是司機都行嗎？」

宇佐見一下就聽懂了，省下鈴子解釋的工夫，這也證明花菱家的傭人都很優秀。

「對，誰都無妨，反正也不知道他們家有幾個司機。」

藤園子爵夫人再三叮嚀，要鈴子別去夫家叨擾，因此鈴子不能登門拜訪。可是，聽了阿好的說法後，山邊的底細又非打探不可。既然要問個清楚，那當然是去問他的同事了。

——希望遇得到山邊的同事啊。

鷹幡皺起眉頭插話了。

「夫人，您怎麼耍這種手段呢……這不是華族夫人該做的事情啊。」

「我決定要做的事情，不管用任何方法都要做到底。」

鷹嬸睜大眼睛說：「哎呀，夫人真是不拘一格，越來越自由奔放了呢。」

鷹嬸的語氣有些傻眼，又有些佩服。

宇佐見遵從鈴子的指示，把車子開到千駄谷那間宅院的後門。從高牆外看得到裡面是一棟洋館。宇佐見從後門進去，沒多久帶了一名中年男子出來，年紀大約四十多歲，男子穿著西裝，個頭矮小。

「我不保證一定修得好喔——」男子走近鈴子的座車，鈴子打開車窗。宇佐見對男子說了幾句話，一手指向鈴子。對方看了鈴子一眼，表情有些茫然，男子有一雙圓圓的小眼睛，感覺不是很嚴肅的人。

鈴子點頭致意，男子也低頭行禮。

「是藤園家請我來的。藤園子爵夫人不想給你們家添麻煩，還請你務必保密。」

藤園家確實有委託孝冬驅邪，所以用「受人之託」當理由，也不算說謊才對。

「咦？」男子傻傻地反應不過來，自言自語地說。

「藤園……啊啊！是那個藤園家喔——」

男子說這句話時，還不斷張望四周。

「藤園家請你們來的？有什麼要事嗎？不是說你們車子壞了？」

「那是要請你出來一談的權宜之計罷了。」

「哇喔……」男子的驚嘆究竟是什麼意思，鈴子聽不出來。他上下打量鈴子，說了這麼一句話。

「您長得一臉端莊，說起謊來倒是毫無顧忌啊。」

司機不敬的口吻惹火了鷹ㄨ，鈴子向鷹ㄨ使了一個眼色，要她忍住脾氣。

「我也沒太多時間慢慢聊，就直說了。山邊增吉單戀你家夫人，這件事你知道嗎？」

男子瞠目結舌，再一次張望四周，或許怕被家中其他的人看到吧。然而，這個反應等於答覆了鈴子的疑問。

「你知道是吧。知道的話，點個頭就行了。」

男子臉色發青，輕輕點了幾次頭。

——果然是山邊自作多情啊。

「請問您是從哪兒聽來的？這件事幾乎沒人知道啊。」

男子雙手放在車門上，湊近鈴子說悄悄話，鈴子聞到他身上有菸味。

「無可奉告……我再問你，夫人不是自願跟他殉情的，這你也知道嘍？」

男子目光亂飄，一副很困擾的模樣。

「這，當然嘛……呃，也不是我眼見耳聞啦，都是我想像的，別當真。是說，山邊一直追求夫人，夫人也很困擾，怎麼可能跟他殉情呢。唉……也是您今天剛好問起，我才說的。我人微言輕，沒人來問我，老爺又在氣頭上，輿論也口誅筆伐的，請體諒啦。」

男子陪笑，像在替自己找藉口一樣。

「夫人她比較內向，真的很困擾也不會表現出來。所以，山邊也不知道自己給夫人添麻煩了吧。該說夫人溫柔還是軟弱呢？總之，她不會用強硬的口吻拒絕別人，聽說夫人原本是公家的千金是吧？大概是這個緣故啦。其實旁人一看就知道她很困擾，壞就壞在山邊自己看不出來。那傢伙呢，該說他遲鈍還是怎樣……對了，山邊很迷一個類似宗教的奇怪玩意，還推薦夫人信仰呢。這件事夫人也覺得很困擾吧。」

「類似宗教的奇怪玩意？」

「應該是宗教啦，我也不清楚。他講的時候我沒認真聽，細節記不得了，我就跟他說沒興趣了，他還是講個沒完，他就是那種人啦。呃呃，山邊人還不錯，也不算壞人。他跟我不一樣，工作很認真。一大清早就把車子擦得乾乾淨淨，多虧他那麼認真，車子總是亮晶晶的一塵不染啊。他也不會遲到或偷懶什麼的，就是不太懂得察言觀色吧。自己認定的事情就堅信到底，也常搞錯各種交接事項。老實說他真的挺頑固的，都不知道變通，要說他笨拙也確實如此啦——」

男子滔滔不絕，或許是出於罪惡感吧。延子沒有出軌，更不是自願殉情的，他知道真相卻不敢說出來。畢竟老爺氣到把夫人休了，現在跳出來坦承實情，也只會觸怒老爺。身為一個雇傭的司機，他保持沉默也無可厚非。鈴子並沒有責備他，但他還是不斷搬出各種理由和藉口，看上去也著實可悲。

「——我明白了，多謝你。你可以回去了，沒關係。」

鈴子道謝完關上車窗，男子後退一步，跟方才一樣點頭致意。宇佐見回到駕駛座上，開車走人。鈴子都叫他回去了，他還是呆站在原地，目送鈴子的座車離開。

回到麴町的花菱家宅院，御子柴有要事稟報。

「夫人您不在的時候，有客人來訪。」

「誰來了？」

鈴子記得沒人預約來訪。

「是鴻大人的信使。」

「鴻……啊啊。」

鈴子想起了鴻心靈學會。前些日子，那個人打算向清充買下鬧鬼的宅院，也不知道交易談成了沒有。

「對方來做什麼？」

「來送禮的，說是要感謝老爺替多幡子爵家驅邪。」

「送禮……？什麼禮物？」

「還沒打開看過，不如現在打開來確認吧？」

「也好，麻煩你了。」

會來送禮，代表已經順利買下子爵家的房產了吧。這件事多幡家有給謝禮，照理說鴻氏不需要多此一舉。

鈴子回房後，御子柴捧著兩個尺寸不大的盒子前來。

「一個是要送給老爺的領帶，另一個是要送給夫人的手套。」

御子柴把盒子放在桌上。其中一個盒子，裝的是深灰藍色的絹織領帶，另一邊是白紗製成的手套，而且手背到手腕一帶，有薔薇的蕾絲。鈴子默默看著這兩件禮物。

——那個鴻氏到底是什麼來頭？

鈴子只知道，對方是鴻心靈學會的會長，也是一個生意人。但她沒見過鴻氏，不清楚對方的為人，孝冬好像也沒見過鴻氏。

不過，挑這兩件禮物的人，顯然認識鈴子和孝冬。若不知道孝冬偏好的服飾，以及鈴子常戴手套一事，不可能挑這兩件禮物。鈴子最先想到多幡清充，但應該不是他挑的。清充算不上有時尚品味，挑不了這麼精緻的禮物。

——況且……

鈴子更在意手套上的蕾絲，普通的薄紗手套遮不住鈴子手上的傷痕，而這蕾絲剛好起了遮掩的作用。

——是湊巧嗎？

鈴子左手背上有傷，如果只有左手的手套有蕾絲，說是湊巧未免太過牽強，但這雙手套兩邊都有蕾絲。

饒是如此，鈴子還是覺得有些詭異，手套直接收進盒子裡。

「夫人沒有化為冤魂現身，反而只有那個司機來鬧，這也太諷刺了。」

隔天下午，孝冬和鈴子在車上談起了這件事。天色陰沉昏暗，打在車窗上的雨聲聽起來都好憂鬱。

「延子大人都去世了，他怎麼還不肯離開那棟房子呢？」

「或許他唯一剩下的，就是那份執念吧。」

夫妻倆一同前往新宿的房舍。今天天氣不好，孝冬本來打算獨自前往，鈴子可不答應。她說，天氣不好就不出門，那這個季節都不用出門了。孝冬無言以對，只好讓她跟了。

「……家族名聲真的有這麼重要嗎？」

鈴子喃喃自語，孝冬轉過頭問她。

「嗯？妳說什麼？」

「藤園家為了保住名聲，犧牲了延子大人。家族名聲這東西，有比人的性命、尊嚴更重要嗎？」

孝冬給了一個很乾脆的答覆。

「當然沒有啊。他們只是騙自己名聲很重要，這樣才能名正言順把持既得利益。那些整天把家族名聲和臉面掛在嘴上的人，真正看重的都是自己啦。」

「看重的都是自己……這麼說也對。」

鈴子聽到這種講法，反而比較能接受。人有私心無可厚非，但用家族名聲來當犧牲他人的藉口就太卑鄙了。

「當然了，有些人確實把家族名聲看得比自己更重要，但藤園家的情況並非如此。可話說回來，身為一個華族，我也能體諒藤園子爵的處置手法——首先就像子爵說的，沒有手段可以證明自家人的清白，這話很實在。即便有證明的手段，世人願不願意相信又是一回事。大多數人只會認為，藤園家把責任推給一個開不了口的死人。無論真相如何，華族和平民鬧出糾紛，被當成壞人的一定是華族。世人要的不是真相，藤園家再怎麼辯駁，也平息不了負面的聲浪，倒不如保持沉默，等風頭過去。我認為這也算妥當的處置。」

孝冬分析道理給鈴子聽，講得雲淡風輕。

「話是這麼說沒錯……可是，這樣一來，延子大人太可憐了。」

「要挽回延子女士的名譽，唯一的辦法就是等風頭過去，再來公開真相。讓真相成為正規的紀錄保存下來，未來可能有沉冤得雪的一天，這是從長遠的角度來看。」

「長遠的角度……」

鈴子嘆了一口氣。外頭的滂沱大雨，彷彿重重落在了她的心底。

「總而言之，這是藤園家的問題，我們盡力做好自己的本分吧。」

孝冬的口吻很理性，鈴子還沒辦法看得那麼開，但也多虧孝冬的客觀冷靜，她多少能用比較客觀的方式，看待延子的遭遇了。

——盡力做好自己的本分……

雨勢中，隱約可見那棟平房就在不遠的前方，房子隱沒在黯淡的雨天景致中，看上去朦朧朧。車子停在竹籬笆前，孝冬撐傘下車，幫鈴子開門遮雨。雨水的氣味和聲音，全都灌入了鈴子的心房。

「走路小心。」

「嗯嗯。」

鈴子穿著高腳木屐踩在泥巴地上，這雙木屐的腳尖還有擋水皮革。一抬頭，眼前是陰暗的玄關。檐廊邊的拉門已經打開了，他們拜託藤園家的人，事先來這裡開門。

兩人一進入玄關，雨聲被留在了外頭，四周只剩下寂靜和陰寒。青竹離開才沒幾天，家中卻好像幾年沒住人一樣，冷清寂寥。

「是哪個房間出現斷掌？」

「在那邊。」

鈴子帶領孝冬前往鬧鬼的和室。外頭的雨聲聽起來很模糊，每踩一步走廊的木板便嘎吱作響。和室很昏暗，尤其角落的陰影更加深沉，再加上天氣不好，拉門打開也沒有光線照入室內。

滑落屋簷的雨滴打在石階上，發出不規則的滴答聲。假如黑暗也有氣味，現在雨水中散發出來的味道就是了。鈴子不經意地往後退，退到一半當場愣住了，因為某樣白色的東西出現在她的眼角餘光中，轉頭一看，是斷掌在地上爬。

「原來如此，還真的是斷掌。」孝冬的語氣不帶一絲感情。

斷掌跟之前一樣到處亂爬，好像在找什麼東西，但延子已經不在了。手指的動作一點也不像人類，比較像蜘蛛爬竄的模樣，窸窸窣窣……窸窸窣窣……那四處找人的動作，看得出有很深的執念，顯現出人類獨有的低等情慾。

「妳說那個叫阿好的女傭，每次都拿掃把趕跑斷掌是吧。對付這慾念深重的噁心玩意，也沒其他更好的處理方式了。」

孝冬說出自己的感想。鈴子聽完這段精闢的見解，終於明白那種毛骨悚然的感受是怎麼一回事了。

「他們兩個究竟是什麼關係，我也無從得知……只是，光看那隻斷掌，就能明白男方的執著非比尋常了。」

孝冬的聲音聽起來有些遙遠，鈴子的注意力都放在檐廊邊，那裡有個男子在偷窺，一隻手攀在檐廊上，試圖爬上來。男子的目光呆滯，眼珠子不時上下左右移動，眼皮抽搐痙攣，那粗重的呼吸聲，聽起來特別清楚。

「這房間裡，有延子女士的遺物嗎……」

孝冬自言自語環顧四周，他走到壁龕前面，檢視掛軸的後方和上方的櫃子。鈴子的目光依舊離不開那個男子，她怕自己一不留神，男子就會爬上和室衝過來。奇怪的是，為什麼男子的呼吸聲格外清晰？而且空氣中還有一種腥臭的味道，像血的味道——

鈴子的注意力都放在檐廊，沒有留意斷掌跑哪兒去了。突然間，有人抓住她的腳踝，不用想就知道是誰了，一定是那隻斷掌。男人粗大的斷掌，抓住了鈴子的腳踝，斷裂的部位還滲出鮮血，瘦骨嶙峋的手指，牢牢抓住鈴子的腳踝不放。粗硬的指節掐住皮肉，鈴子被嚇出一身雞皮疙瘩，連腳踝痛不痛都感受不到，濃重的血腥味幾乎讓她無法呼吸。

「鈴子小姐！」

說時遲那時快，鈴子聞到一陣熟悉的清香味。冷冽高雅，凜然難犯的香氣，將血腥味一掃而空。

抓住腳踝的力道消失了，一隻強而有力的臂膀，撐住了差點跪倒的鈴子。是孝冬來了，鈴子看到一頭飄逸的長髮，長髮的主人穿著一身華麗的古裝。

——是淡路之君。

鈴子的血液彷彿凍結了，淡路之君晃著一頭美豔的長髮，飄向檐廊邊。鈴子只看到她的背影，卻能感受到她在笑。淡路之君揚起衣袖，稍微彎下身子，檐廊邊的男子就消失了。

——那鬼魂被吃掉了。

鈴子渾身無力，靠倒在孝冬身上，膝頭墜地。

「鈴子小姐……對不起。」

孝冬以沙啞的嗓音致歉，不曉得他是為哪件事道歉？餵養淡路之君嗎？

淡路之君身形淡化，化為一道輕煙緩緩飄回兩人身上，煙霧纏繞孝冬和鈴子，最後化於無形，只剩下濃烈的香氣久久不散。

「……你為什麼要道歉？」

聽到鈴子的疑問，孝冬的身子抖了一下。她仰望孝冬，孝冬的臉色很蒼白，眼神也藏有深沉的陰鬱。孝冬不堪凝視，別過頭迴避鈴子的視線，鈴子從他的臉上看出了煩憂，就好像那天夜裡一樣。

——剛認識他的時候，我還以為他是一個城府極深的人……

現在鈴子反而覺得他很好懂。當然，鈴子猜不出他心裡想什麼，可是當他有心事或罪惡感的時候，鈴子一看就知道了。

「在你主動提起之前，我本來是不打算過問的——」

鈴子深情注視孝冬的臉龐。

「只是看你這麼痛苦，我也不能放著不管，有什麼煩惱說來聽聽吧。」

「我、我沒有啊。」

孝冬試圖裝出笑容。

「你覺得瞞我有用嗎？」

這話一說出口，孝冬愣住了。

「呃呃……我……」

「跟淡路之君有關對吧？」

鈴子直擊核心，孝冬的表情很僵硬，看樣子是說中了。

——跟淡路之君有關，而且他必須道歉……

是指剛才讓淡路之君吞食亡靈嗎？不過，鈴子也心知肚明，孝冬來到現場很有可能會發生這樣的事情。只要合淡路之君的胃口，她就會吃掉亡靈，這也不能怪孝冬——

不對！孝冬說過，他很清楚淡路之君喜歡吃什麼樣的鬼魂。換句話說，他一開始打算獨自前來，是為了……

「你本來打算瞞著我，讓淡路之君吃掉這裡的鬼魂——」

孝冬閉目垂首，似乎是招認了。

「真是瞞不過妳的千里眼啊。」

「這不是開玩笑的時候，請你從實招來吧。」

「唉……」都到了這個地步，孝冬還是支吾其詞，不肯據實以告。

「要我一一點破你才肯說嗎？——這不是第一次了對吧？」

孝冬支支吾吾，一臉心虛，活像外遇被抓包的丈夫。

「你偷偷餵養淡路之君，還不讓我知道……是怕我不高興的關係嗎？」

鈴子不忍心看到亡靈被吞食，無法安息已經很可憐了，毫無招架之力被人吞食更是令人目不忍睹，這就是孝冬瞞她的原因吧。

孝冬一手摀住額頭，神情很脆弱。

「……我擔心不餵養淡路之君，會害死妳……」

孝冬的聲音，既沙啞又虛弱。「我不能沒有妳。」

鈴子觀察孝冬的表情，光看側臉就知道他很苦惱。鈴子決定要祛除淡路之君時，他答應要聽鈴子的。可是，真有祛除淡路之君的方法嗎？就算有，又要花多少時間去查清楚？從這個角度來看，孝冬會害怕詛咒也是情有可原。夫妻倆的約定和現實問題互相拉扯，孝冬獨自承擔這份痛苦。

鈴子一手按在孝冬的肩上。「孝冬先生。」

「是我思慮不周，祛除淡路之君也不是一蹴可幾的事情。況且，要調查詛咒是不是真的也需要時間。這段期間淡路之君一樣需要鬼魂……你的行為也無可厚非。」

鈴子低下頭，自我反省。

「是我害了你，讓你獨自承擔這麼多痛苦，真的很對不起。」

「鈴子小姐。」

孝冬似乎對鈴子的反應很意外。

「妳不必道歉，都是我自己一個人想太多，自作主張——」

「這就是問題癥結。」

鈴子抬起頭正視孝冬。

「嗯？」

「以後像這種要緊的事情，請不要擅自做決定。你不跟我商量怎麼行呢？」

「呃呃，可是……」

「還是我真的這麼不可靠，不值得你商量？」

「沒有，沒這回事。」

「那麼，以後碰到什麼問題，請先跟我商量吧，我們一起決定。」

「……那妳不會討厭我嘍？」

「你不找我商量，那就不好說了。你來找我商量，我怎麼會討厭你呢。」

「這樣啊……」

孝冬明顯鬆了一口氣，鈴子一直觀察他的表情變化。

「你可能不知道，其實我很信賴你。當然，也不是說你非得信任我才行，只是希望你記得這件事。」

鈴子剛認識孝冬的時候，認為這個人太不可信了。然而，現在她知道孝冬待人以誠，她也打開了心房。

「我明白你是為了我好，才瞞著我的，我也不會說你自作主張，只是……」

鈴子不曉得該如何表達心中的感觸。

「只是……你這樣，讓我有些寂寞。」

這下孝冬是真的呆了，眼中除了鈴子再無其他事物。

「鈴子小姐——」

「以後你要餵養淡路之君，我也跟你同行。把難受的事情推給你，也不是我的本意。」

鈴子不想看到淡路之君吞食鬼魂，但她更不願推給孝冬承擔，孝冬也不是自願想看那種東西的。孝冬默默凝視著鈴子，鈴子被盯得心癢難耐，不好意思多看孝冬一眼。

「這件事就到此為止了，有什麼意見回去再商量——現在得先釐清一個問題。」

「釐清問題？」

鈴子手摸榻榻米，身體朝向檐廊，環顧整間和室。

「我發現山邊想從檐廊爬上來，他的斷掌也在榻榻米上亂爬。他的本尊和斷掌，都是在『下方』活動。」

鈴子說到下方一詞，用手指了指榻榻米。

「這裡若有山邊要找的東西，應該不在太高的位置。」

「啊啊……原來如此。」

孝冬俯視榻榻米，接著說道：「我剛才都在看掛軸和天花板附近的收納空間，比他的視線高多了。」

孝冬看著榻榻米念念有詞。

「所以是在榻榻米下嘍？」

「我是這麼想的。」

東西應該不是藏在房屋底下的空間，因為山邊是想爬上來。

孝冬環視室內的榻榻米，走到最接近檐廊，採光最好的地方蹲下來。他把手指插進榻榻米的縫隙，將其中一邊掀起來。青竹素有潔癖，榻榻米打掃得很乾淨，但落入縫隙的灰塵還不少，榻榻米一掀開，灰塵都掉了下來。鈴子和孝冬一看到下方的地板，都發出了驚訝的聲音。裡面有一個紙包，紙包下還有一張紙。

「這是——」

鈴子拿起那兩樣東西，孝冬放下榻榻米。一看到那張紙，兩人都皺起了眉頭，那是一張熟悉的彩色版畫。

「三狐大人。」

上面畫著一尊三頭六臂的神明，臉部分別是女神、鳥、狐狸，正式名稱是三狐神。以前他們到葉山度蜜月，在笹尾子爵家碰到了子爵夫人的鬼魂，那位夫人生前信仰「燈火教」，三狐神就是燈火教的神明。

「為什麼會出現在這裡……」

「延子女士的信仰吧。」

孝冬說得很篤定，鈴子好奇他是怎麼判斷的。原來他手上拿著紙包，那是原來藏在榻榻米下的另一樣東西。孝冬打開紙包，將紙包遞給鈴子，紙包裡有一束黑色的長髮，用繩子捆起來。

「山邊在找這束頭髮……？」

用來包頭髮的紙張，中央還寫了「藤園延子」，代表這是延子的頭髮吧。延子死後，山邊還賴在這裡不走，想得到她的頭髮。這種可怕的執念，已經不能用一往情深來形容了，鈴子的背脊都發涼了。

紙上還寫了其他文字，名字下方有「平癒祈願」，角落還有一個紅印。不是文字印，而是三個類似火焰的印記，採用下二上一的排列方式。

「這是燈火教的印記嗎？」

「看起來是，但我也不敢肯定。啊啊，既然是要祈求康復，那信徒應該不是延子，有可能是那個叫阿好的女傭吧。可是，沒有徵求本人的同意，也不可能剪下那麼多頭髮，延子女士也知情吧。」

鈴子想起山邊的同事，他說山邊很迷一種類似宗教的玩意，會祈求身體康復，應該是延子受傷後才發的願。山邊當時已經死了，照理說跟他無關，鈴子把這件事告訴孝冬。

「山邊他……是這樣啊。」

孝冬撫摸下巴沉思。

「那位同事說，他不確定山邊信的是不是宗教，照理說應該跟山邊沒關係。」

「這可難說了。反正山邊的鬼魂消失了，藤園家的委託算是辦成了，也沒有其他該辦的事情了……只是，真是討厭的巧合啊。」

鈴子聽了孝冬嘀咕，不解地反問：「討厭的巧合？」

「司機和夫人湊一塊兒，再加上燈火教……跟笹尾子爵夫人有點像不是？」

「是可以這麼說，但多少有些差異吧。笹尾子爵和司機相戀是結婚前的事，他們也沒有殉情啊。」

「也是啦。」

孝冬打量那張神像，依然心存疑慮。

「去藤園家一趟吧。」

孝冬抬起頭，決定多跑一個地方。

「對，這是延子大人準備的。」

阿好盯著那束頭髮，緬懷故人。

「那間和室採光最好，就當成延子大人的寢室了。延子大人交代我，把這幾樣東西放到榻榻米下面，是我掀開榻榻米放進去的。延子大人去世後，我都忘了這件事。」

「這應該是『燈火教』的神像，延子大人信燈火教嗎？」

孝冬緩緩坐上會客室的椅子，問了這麼一個問題。

「呃呃……是的……」

阿好挑動眉頭，表情頗為複雜。

「我個人是不予置評的……因為，那宗教很可疑啊。延子大人也不是非常虔誠，我就沒有多嘴了，她頂多每個月參加一次集會而已。」

「婚後才信教的嗎？」

「正是，好像是在某個會上聽來的吧。有一次延子大人參加展覽會，一個要好的夫人推薦她信教，至於是哪個夫人，延子大人沒說過。只是……」

阿好低著頭，眼神透露陰鬱。

「怎麼了？」

「……那個司機山邊，也是燈火教的信徒，我懷疑是不是山邊慫恿延子大人信教的。事到如今，也無從查證了……」

「司機也是信徒……」

孝冬對鈴子使了一個眼色——原來山邊也是信徒，跟延子的信仰並非毫無關聯。

「他們在我面前絕口不提宗教的話題。似乎只有兩個人在一起的時候，才會談論那個宗教的聚會和活動。或許是因為這樣，山邊才誤以為延子大人對他有好感吧。」

語畢，阿好眉頭深鎖，好像又想起了什麼。

「延子大人差點被山邊害死，出院後到那間屋子療養，也把宗教的事忘得一乾二淨了。不過，其中一個女信徒，不知從哪兒打聽到延子大人的事，竟然跑來了。」

「燈火教的信徒？跑到那間房子？」

阿好點點頭，依舊愁眉不展。

「我怕延子大人想起山邊，就想趕走那位婦人，我以為延子大人也會同意。或許，信仰不能用常理來解釋吧。延子大人很感激對方，叫我放她進來，那位婦人給了延子大人一張神像，還向延子大人討了一束頭髮，說是要幫延子大人祈福。過一陣子那位婦人再度來訪，就帶了那個紙包過來。她說，只要紙包和神像放在榻榻米下誠心祈禱，身體就會康復了——真是胡說八道。」

阿好表情扭曲，眼角浮出淚水。

「延子大人不但沒有康復，連命都沒保住，全是騙人的玩意。我們也有跟那位婦人商量鬧鬼的事情，但她又不會驅邪，只說要找人幫我們處理，結果再也沒出現了。我就知道，那個宗教不是什麼好東西。」

阿好長嘆一口氣，身子縮得更小了。

「……多虧有二位幫忙驅邪，現在山邊沒法出來鬧了，這是唯一值得欣慰的吧。讓那傢伙繼續待在這世上，根本是在褻瀆延子大人的靈魂……」

「容我冒昧請教一個問題。」

孝冬提出了疑問。

「聽說山邊是附近農家的兒子，是哪邊的農家呢？」

「八王子那邊的。」

阿好不疑有他，直接給出了答覆。

「是八王子那邊的養蠶農家，那一帶很盛行養蠶和紡織不是嗎？唉，他要是肯乖乖在老家那邊工作不就好了……」

阿好碎碎唸個不停，孝冬陷入沉思，鈴子在一旁看著兩人，一顆心也沒閒下來。

——八王子……最近我好像在哪兒聽過這地名……

想了一會兒，鈴子還是沒想出來。

「——多謝，妳這番話很有參考價值，那我們先告辭了。」

孝冬拋下這句話，起身準備走人，他本想拿走那張神像和紙包，阿好有意見了。

「請問，延子大人的頭髮可以留下來給我嗎？那畢竟是她的遺髮……那張紙和紙包就不必給我了。」

阿好哀求孝冬留下故人的遺髮，她看著遺髮的眼神很慈祥，對神像和紙包卻畏如蛇蠍，形成了強烈的對比。孝冬看了鈴子一眼，鈴子也同意了。

「當然沒問題。」

「多謝了。」

阿好拿出手帕，將髮束輕輕放上去，很細心地包起來。她把延子的遺髮抱在胸前，彷彿在抱著自己的小孩一樣。

——哪怕只有一個人也好，只要有一個人願意這樣珍惜自己，對延子來說就是最大的救贖吧，這是鈴子最真切的感想。

——啊啊！八王子。

鈴子晚上就寢之前，想起了這件事。

「怎麼了嗎？」

孝冬也正要鑽入被窩，他發現鈴子的態度有點反常。

「沒有，山邊不是出生於八王子嗎？這個地方我最近好像也有聽過。現在我終於想起來在哪裡聽過了。」

「妳是說鴻氏對吧。」

孝冬一下就猜中了答案。

「你早就知道了？」

「嗯嗯，沒錯。」

據說，鴻氏本來在八王子的紡織品中盤商當人家的伙計，之後出來自立門戶，生意做得很成功。

——當然，也不是說這兩者就一定有關聯……

鈴子只是剛好在短時間內，連續兩次聽到相同的地名。可是，看孝冬的表情，他似乎另有顧慮。

「你想什麼呢？」

「我是覺得沒必要提起，所以一直沒告訴妳。我之前不是說過，鴻心靈學會的上游組織是宗教團體嗎？」

「難不成……」

「就是燈火教。」

夫妻倆都不說話了。

「當然，也不是說這兩者就一定有關聯。」

孝冬把剛才鈴子心中所想的說了出來，臉上露出一絲笑意。

「只是，我有一種不太好的預感……難免多心吧。」

「說來聽聽吧。」

「接連幾件事都是司機和名門夫人的糾葛，像華族或歷史悠久的名門，還有那些比較富裕的家族，結婚都有政治經濟上的目的。夫妻關係良好的話那倒沒問題，關係不好的夫妻，丈夫在外養小妾，妻子一個人是很孤獨的。這時候最有機會獻殷勤的下人，莫過於司機了，很多司機和夫人私奔殉情，也證明了這一點。如果司機獻殷勤，是別有居心呢？」

「別有居心……你是說傳教？」

孝冬點點頭。

「利用夫人的孤獨奪得她們的芳心，那些夫人家境富裕，會提供各種金錢布施。而且信徒是名門之後，對教團的名聲也大有幫助，再利用那些夫人的人脈，向其他貴婦傳教。用上這種手段，就能逐步建立堅強的後盾——講是這樣講，真的要實行也沒那麼容易。」

孝冬笑著推翻了自己的猜測。

「……若真是山邊推薦延子大人信教，那從結果來看，整件事已經失敗了……」

鈴子話只說了一半。

——不過，過程是順利的。

要不是山邊做出失控之舉，傳教會很順利吧。當然，這都是臆測罷了。

「就算燈火教真的做出這種事情，我也沒義務去解決。取締邪魔歪道的宗教團體，不是我的職責嘛。」

孝冬面帶苦笑看著鈴子。

「不好意思，又聊了很複雜的話題。忘了吧。」

「不……你說的我會謹記在心，你掛心的事情我也該幫你留意。」

聽了鈴子的回答，孝冬莞爾一笑，表情極為柔和。

「是嗎？妳待人真誠懇——我說鈴子小姐，這個餵養淡路之君呢，本來就是當家的職責所在，妳不需要跟我同行喔。」

孝冬的語氣很溫柔，卻也夾雜憂愁。鈴子轉身面對孝冬，直視他的臉龐。

「我同行會妨礙到你嗎？」

鈴子明知故問。

「沒有，怎麼會呢。」

而孝冬的答覆，也沒讓她失望。

「那就一起去吧，難受的事情不該讓你獨自承擔。」

孝冬還有話想說，但沒有開口，只浮現出很靦腆的笑容。

不久後——

「我好像一天比一天喜歡妳了。」

語畢，孝冬關掉了枕邊的燈光。

金花盛開

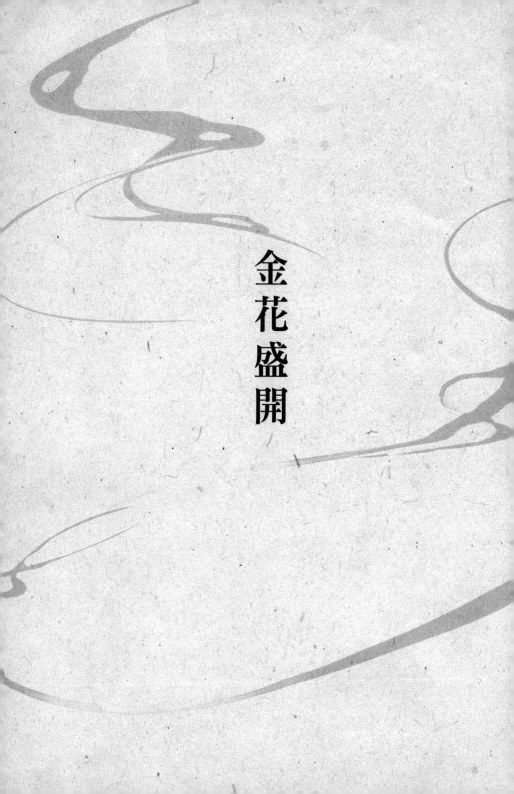

店家送來上的菜色，有鹽烤香魚、蝦丸什錦湯，還有糯鰻和茄子的燉煮料理。鈴子光看到各式佳餚擺在面前就好滿足，而且餐檯和餐具都是很精美的漆器，上面有金漆畫出來的楓葉紋。

幾名藝妓上完菜，還拿了酒過來，大哥嘉忠謝絕了斟酒的服務，請她們先行退下。坐在上座的嘉忠看上去很不自在，朝子和雪子愉快地欣賞他的反應。二哥嘉見一如往常，一副百無聊賴的模樣。

「內兄，您很常來這裡嗎？」

坐在鈴子旁邊的孝冬，向嘉忠搭話。嘉忠看了嘉見一眼，孝冬注意到他的視線，笑咪咪地說道。

「啊啊！用『內兄』這個稱謂，分不清是誰對吧？那我直稱名字可好？」

「當然，沒問題。」

嘉忠點點頭，一看就非常緊張，還扭扭身子正襟危坐。他的情緒很容易表現出來。

「那麼，嘉忠先生，您很常來這裡嗎？」

「呃呃，這個嘛，我偶爾會過來，就參加一些喜宴或懇親會之類的……我很多同事都在這裡舉辦婚禮。」

「喔對，官僚常在這裡舉辦各種典禮。」

一行人來到芝區的紅葉館，這裡是達官貴人專用的高級餐廳。取名紅葉館的餐廳和旅館不在少數，一般人都稱這裡為「芝紅葉館」，以免混淆。芝紅葉館不是普通的餐廳，不但占地廣大，而且開業以來就採會員制，只有少數人有入會資格。大門還聘請守衛，閒雜人等無法進入，有別於市井餐廳。

鹿鳴館開館七年後便失去了政治上的用途，芝紅葉館取而代之，成為上流階級的社交場所，政經界的高層都來這裡磋商密談。紅葉館顧名思義，室內的裝潢都有楓葉為飾，掛軸和花瓶等擺設也全是高級品。

鈴子和哥哥姊姊之前就約好要來這裡吃飯，她已經一個月沒見著兩位哥哥了。兩位哥哥也沒太大變化，才短短一個月沒見，也實屬正常。

嘉忠還是一臉嚴肅，一看就是在當公務員的。他的膚色健康黝黑，輪廓方正，有一雙粗眉毛和高挺的鼻粱，雙眼皮很明顯，目光清澄又好看。

嘉忠長得像父親，但父親就只有臉好看，父子倆給人的印象截然不同，嘉忠就像純粹、清澈的泉水。

至於嘉見同樣板著一張臉，這或許是他五官太過端整的關係吧。嘉見遺傳到母親千津那種冷豔的美感，是一名白淨俊俏的青年，明淨的鳳眼，配上纖長的睫毛，在白色的眼瞼落下了一絲陰影，有種蠱惑人心的魅力。若說嘉忠像泉水，那嘉見就像清冰了。這位二哥跟鈴子歲數最為接近，由於性格也有相近之處，相處起來也較沒顧忌。

「那嘉見先生，您常來這裡嗎？」

孝冬也與嘉見攀談。嘉見是鈴子的兄長，從輩分上來說算是孝冬的內兄，但年紀是孝冬比較大。

嘉見的表情始終冷淡。

「沒有，我不太喝酒的。」

語氣也不太熱絡。

「您酒量不好嗎？」

「我只是討厭酒味和醉漢罷了。」

嘉見說話愛理不理，嘉忠在一旁擔心得要死，他本人倒是老神在在。奇怪的是，孝冬也笑得很開心。

「你怎麼心情那麼好？」鈴子問孝冬。

「嘉見先生跟妳很像啊。」

聽了孝冬的說法，鈴子端詳著對面的嘉見。

「跟我第一次遇見妳的時候很像，尤其是態度。」

「是這樣嗎？」

鈴子心想……我以前態度有那麼冷漠嗎？

「是啊，妳那時候完全不想理我對吧。」

「那是你——」

那是你看起來太可疑了——鈴子硬生生把這句話吞回去。她用筷子夾了一口鹽烤香魚，放進自己嘴裡。魚皮烤得香酥焦脆，肉質卻爽口甘甜，鹹香的鹽巴也很對味，太好吃了。

孝冬看著鈴子享用料理，溫柔地笑了。朝子和雪子也喜孜孜地看著他們互動，似乎顯得非常滿意。

「辦這一場餐會是正確的決定呢。」

「對啊，看他們關係這麼好，我也放心了。下次也找母親大人參加吧。」

朝子和雪子也聊開了。孝冬一到場就先稱讚她們的服裝，所以她們心情特別好。

嘉忠一直灌酒想緩和緊張情緒，整張臉都紅了。鈴子有些擔心，這位大哥酒量不好，不該喝這麼多。在場只有嘉見一個人悶悶不樂。

「嘉見二哥，你不是喜歡香魚嗎？怎麼不吃呢？」

「……我會吃啦。」

嘉見總算拿起筷子，彷彿現在才發現眼前有食物。

「原來嘉見先生喜歡吃魚，跟鈴子小姐一樣呢。」

孝冬享用料理之餘，也適量喝了一點酒。根據鈴子的觀察，孝冬的酒量沒特別好，朝子和雪子的酒量那才叫可怕。

「我哥和我姊也喜歡魚啊。」嘉見的答覆依舊冷淡。

雪子笑了。「嘉見，你這人脾氣也真拗。可愛的小妹被搶走，你還在生悶氣啊？」

朝子也來笑話嘉見了。「他怕寂寞啦，當年我和小雪兩人的婚事敲定，這孩子整天窩在房裡不肯出來呢。」

嘉見在兩位姊姊面前，也是被當成小孩子。嘉見瞪了兩位姊姊一眼，卻沒作聲。因為他知道一旦回嘴，各種羞恥的往事都會被姊姊暴露出來。

「嘉見先生真是個愛家的人呢。」

孝冬表現得和顏悅色，今晚這場飯局，他一直保持親切可掬的笑容，禮數也更勝以往。

鈴子猜想，他是顧慮到形象吧，面對妻子的家人，孝冬一定也很緊張，只是沒像嘉忠那樣表現出來。嘉見要是和善一點，孝冬也不用這麼緊張了。

鈴子很猶豫，該不該多拋些話題給嘉見。不料，嘉見主動對孝冬搭話了。

「我有件事想請教你。」

「是，請說。」孝冬放下酒杯，轉頭面對嘉見。

「我想知道花菱家被冊封華族的理由。」

鈴子聽了嘉見的疑問，不解地反問：「他們家是歷史悠久的神社啊，不然還有什麼其他理由呢？」

「我沒問妳。」嘉見毫不留情地打斷小妹說話。

孝冬苦笑回答：「看來您對這答覆不太滿意，這件事我也沒什麼可說的，您也不是想討論神職被冊封華族的原因吧。」

「我問的是你們花菱家。」

孝冬不改微笑，點點頭說：

「那我的答案，就跟鈴子小姐的說法一樣，因為花菱家是『歷史悠久的神社』，家世淵遠流長。淡路島更是國土創造神話中的島嶼，我們祭拜的也是伊弉諾尊。該怎麼說呢，政府要找有資格受封的神職，花菱家剛好符合那個資格吧。」

其他神職華族也是歷史悠久的神社，這些世世代代擔任神職的家族，在過去也都是歷史悠久、實力強大的名門望族。出雲大社的千家一族就是最好的例子，花菱家自古以來更是淡路島的領主，也符合這樣的條件。

「符合這些條件的神社和名門望族，不是只有你們。我想知道的是，為何偏偏是你們花菱家被選上。」

嘉見還不饒人，他態度如此強硬，到底想讓孝冬坦白什麼？

孝冬也不生氣，氣定神閒地笑道：「這您要去問政府啊，我也不清楚。」

「換句話說，你們受封華族是政府的意思？」

孝冬笑著回答：「其他華族不也是這樣嗎？」

「我還聽說，你祖父和那些元老有交情。」

孝冬的眉毛動了一下，眼神黯淡無光。所謂的元老，是指那些對政府有極大影響力，而且深得天皇器重的政治人物，例如伊藤博文、山縣有朋、井上馨等人。

「花菱家能在麴町的黃金地段蓋上那麼氣派的洋房，靠的好像也是那層關係。所以你們花菱家，不是普通的神職吧？你跟政府也有瓜葛——」

看來這才是嘉見在意的重點。他以銳利的目光緊盯孝冬，不放過任何一絲表情變化。

「這些關係也只到我祖父那一代就沒了。」

孝冬微笑答覆嘉見。

「用這種話來形容一個神職人員或許不太妥當，但我祖父是一個手腕很高明的人。政府裡那些位高權重的人，多少都有些迷信不是？我祖父就替他們消災祈福，提供一些意見。說穿了，就像拿人錢財與人消災吧，那些大人物也會給他一點好處，詳情我也不清楚。」

「你不是也有替人驅邪？」

「那是我身為神職，行善助人的一環罷了，跟政府沒關係，我自認是個商人。」

嘉見皺眉反嗆。

「……太可疑了。」

「嘉見，講話要有點分寸。」嘉忠打岔了，他喝到耳朵通紅，身體也左右搖晃，仍不忘勸誡自己的弟弟。

「大家都是一家人了。他是我們的妹婿，你要跟人家好好相處——」

「喝醉的人別說話好嗎？」

嘉見一臉厭煩地看著大哥。

「為什麼你每次都喝到醉啊？拜託，大哥，衡量一下自己的酒量好嗎？」

「嘉見二哥，孝冬先生看起來是有些可疑，但還算是個老實人喔。」

鈴子出來護夫了。

「講得這麼勉強喔，鈴子小姐？」孝冬露出一副很失落的模樣。

「是我用詞不當。可是，你又懂得通權達變，要說很老實好像也不對啊……」

話雖如此，孝冬對待鈴子一向誠懇正直，鈴子決定換個說法。

「那好吧，你確實有擇善固執的地方。」

「還固執喔。」

「對啊，你應該對自己更寬容一點才是。」

「我沒勉強自己啊。」

「這種事自己是看不透的，所以我才要告訴你啊。」

「這樣喔……」

孝冬似乎不太能接受鈴子的說法，或許他沒有自覺吧。只要是為了鈴子，他就算吃苦受罪也甘之如飴，鈴子漸漸明白了他的個性，始終放心不下。

「花菱男爵看似精明，其實也有樸拙的一面是嗎？」

雪子有感而發，看著孝冬的眼神也很溫柔。

朝子也朗聲笑道：「真意外呢。不過，這樣比較可愛啦。」

兩位同父異母的姊姊，對孝冬已經有非常好的印象，都快把他當弟弟了。

「稱呼『花菱男爵』是不是太見外了，怎麼稱呼才好啊？」

「直接叫人家名字，又好像太親暱了是吧。」

「沒關係的，兩位姊姊叫得順口就好。」

鈴子覺得，孝冬應對進退的能力極為高超，一下就能找到最適當的方式，來跟不同的對象相處。這可能是與生俱來的能力，或是後天培養的，也可能是商人本色吧。比方說，他已經知道這幾位哥哥姊姊中，最有話語權的是兩位姊姊。對待嘉忠親切友善，對待嘉見則是不卑不亢，以誠相待。

確實，嘉忠比較好籠絡，嘉見就不吃這一套。然而，真正該留意的反而是嘉忠，讓嘉忠傷心是大忌。嘉忠脾氣雖好，但感情較為脆弱，一旦受到嚴重的傷害，就再也不會打開心房了。孝冬應該是不會做出這種事才對——

「花菱先生——不，我直接叫你名字比較好吧，畢竟我們都是一家人了。」

喝得醉醺醺的嘉忠開口了。瞧他眼皮都快睜不開，應該很睏吧。但他講話還很清楚，並沒有喝到酩酊大醉。

「嘉見這樣打探你們家隱私，我代他向你賠不是。因為家父失德的關係，鈴子從小吃了不少苦，他也是擔心小妹才問的，請你原諒啊。」

「是的，那是當然。」

孝冬的語氣很隨和，嘉忠醉眼矇矓，觀察孝冬的反應。

「我想你應該知道，家父是個放蕩不羈的人，被家父傷害的可憐女子不計其數，我和嘉見是從小看到大。因此，我們兄弟倆對同性有很強的不信任感。萬一鈴子受了傷害，我們會很後悔沒盡到為人兄長的責任——」

鈴子十分訝異，這是她第一次聽到大哥這樣批判父親。父親好歹是一家之主，她以為嚴謹正直的嘉忠，對父親會有基本的尊重才對。

「所以，孝冬先生，請你千萬別讓鈴子受到那樣的委屈。否則，我無法原諒你，也無法原諒自己當初同意這樁婚事。」

嘉忠眼泛淚光，或許不只是喝醉的關係吧。孝冬看他摀住自己的雙眼，似乎受到了很大的震撼，一時不知該做何回應。

「——那是當然。」

孝冬點點頭，接著說道。

「我絕不會讓鈴子小姐受委屈的，我已經沒有她就活不下去，對其他女性也沒興趣。」

孝冬心緒動搖，說出了很誇張的話來。鈴子觀察哥哥姊姊的反應，她怕這麼誇張的答覆反而得不到信任。嘉忠和嘉見都驚呆了，奇怪的是，雪子和朝子都滿意地點點頭。

「其實我們一看就知道，孝冬先生有多在乎小鈴了。對吧，小朝。」

「根本不需要確認啊。嘉忠哪，你也太不解風情了。是說，這也是嘉忠的優點啦。」

兩位姊姊有說有笑，嘉忠乾咳一聲，臉比較沒那麼紅了，大概酒力稍退了吧。

「那……那我們就放心了。是吧，嘉見。」

嘉見沒說話，但他的目光和善一點了，至少在鈴子看來是這樣。

鈴子放下筷子，看著嘉忠和嘉見。

「嘉忠大哥，嘉見二哥，多謝你們這麼關心我。」

嘉忠害臊得坐不住，嘉見眼神也游移不定。

「妳、妳這樣煞有介事地道謝，怪難為情的啊。」

「你們兩個喔，特別寵小鈴。」

雪子和朝子愉快輕笑，一家人和樂融融。其他包廂傳來的三味線聲響，聽起來也多了幾分開朗明快。

吃完飯，一行人走向玄關。嘉忠醉到需要嘉見攙扶才行，雪子和朝子喝了好幾瓶酒，反而一點事也沒有。每次瀧川家聚餐後，都是這樣的光景。

店員來到玄關幫客人擺好鞋子，藝妓們也來送行。這些都是紅葉館的專屬藝妓，在這裡稱為高級服務員，或服務生，世人稱之為「紅葉館藝人」，比新橋那邊的藝妓還要高級。紅葉館的藝妓氣質出眾，身上的和服也很漂亮，舉止乾淨俐落，沒有一絲拖泥帶水。

鈴子走到一半停下腳步，轉身望向後方，她自己也不曉得原因。後方只有一整排藝妓恭送貴客——不對！有個女子正站在玄關的陰暗處，通往檐廊的轉角一帶，鈴子一回頭對方就走掉了。

那個人不是藝妓，身上的衣物和髮型都跟藝妓不一樣。是其他客人嗎？那名女子髮髻很整齊，和服是藍黑色的，上面有黃色的花紋和金絲刺繡。背部和袖口上都有家紋，鈴子沒看出那是什麼家紋，唯獨那金絲繡成的晶亮花朵，留下了鮮明的印象。

幾天後，鈴子又目睹了那充滿魅力的花紋。

「今天我見了一位稀客。」

隔天晚上，孝冬回家時聊起了白天的事情。

「稀客？誰啊？」

「猜猜看，鈴子小姐也遇過的人。」

鈴子凝視著孝冬，說出答案。「是降矢大人吧？」

孝冬驚訝得張大眼睛。

「妳怎麼知道的？」

「真讓我猜中了？對方是你認識的人，我也碰過面，這樣的人並不多啊，而且你說那是一位稀客，代表沒有頻繁碰面，大概只有一面之緣吧。再觀察你的神態，你對那個人的印象還不錯，跟你算合得來吧。所以是歲數相近的男性——符合這些條件的，除了降矢大人以外沒別人了。」

孝冬輕笑兩聲，靠上椅背歇息。

「哎呀，了不起。妳說得沒錯，正是降矢先生。」

夫妻倆談到的這個人，全名降矢篤，是甲府那邊的生意人。降矢家資產雄厚，本來是養蠶農家。他的妹妹和司機苦戀未果，後來成了燈火教的信徒，信仰又得不到家族的諒解，被嫁給貧窮的公家華族笹尾子爵。

結果不慎失足摔死，魂魄沒能安息，一直在宅院中徘徊。鈴子和孝冬去處理這件事情，剛好認識了降矢篤。

降矢老成持重，又有那麼點聽明人的冷酷，但他對妹妹的感情是真誠的。

「降矢大人怎麼會找上你呢……」

「其實啊，他來拜託我驅邪的。」

「喔喔。」

——驅邪？

「降矢大人出了什麼事？」

「沒有，降矢先生沒怎麼樣，是他的朋友，他朋友在找消災解厄的專家。聽說啊，他朋友到古董行買的東西，有鬼魂附在上面。」

「有鬼魂……是什麼東西啊？」

「好像是裝筆硯還是書簡的盒子吧，用金漆塗製而成的。總之，是一件非常精美的蒔繪藝術品。他那位朋友也是企業家，出手相當闊綽，是從事造紙業的。他們都出生於山梨，因為這段緣分交上了朋友。」

「那你接受委託了嗎？」

「對，我接受了，這件事我有點興趣。」

「興趣？」

「多認識一些企業家總沒錯嘛。」

「哦，是這方面的興趣啊。」

「我對那個鬼魂也是有興趣啦。精美的蒔繪藝術品我也想瞧一瞧，聽說是個女鬼，穿著一身有金絲刺繡的華美和服，感覺是名門夫人，一直低頭站著不動。」

「金絲刺繡……」

鈴子想起昨晚在芝紅葉館看到的女子，當時她沒把那個人當成鬼——

「那我跟你一起去。」

萬一淡路之君現身，不能讓孝冬獨自受苦，鈴子不假思索，表明自己也要同行。

孝冬笑咪咪地回答：「謝謝妳，有妳相伴我心裡也比較踏實。」

孝冬已經不介意鈴子同行了，鈴子覺得自己得到孝冬的信任，也挺開心。

委託人希望盡快處理好，隔天他們便一起去拜訪委託人。

委託人名喚波田東次，住在市谷地區外濠周邊的高地。外濠周邊有一整片松樹，算是當地的名勝景點。

因此，明治時代以後，外濠兩岸成了當地最初的高級住宅區。很多明治維新後才嶄露頭角的人，就住在這裡，好比企業家或軍人之流。

波田家的宅院不大，卻是一棟融合了東西洋風格的雙層建築，庭院採用日式造景。乍看之下品味不錯，這是鈴子的感想。屋內也沒有刻意展示高價的古董字畫，布置十分典雅。西洋風的會客室有暗紅色的桃花心木桌椅，木頭亮得發光。窗簾是有層次的深褐色，地毯是黑中帶紅的色彩，整體給人一種沉靜的印象。

「這房子不是我蓋的啦。」

鈴子和孝冬讚美這棟房子，波田害臊地抓抓腦袋，靦腆地笑了。看上去他跟降矢的年歲差不多，應該都三十多歲。波田風度翩翩，舉止也是從容有度，有一種兼具年輕活力和老成持重的特殊氣質。

鈴子心想，與其說他是企業家，不如說他像苦行僧或修道人。他的眉毛和鼻梁都很明顯，臉長得不是特別秀氣，卻有吸引人心的魅力，而且肩膀和胸膛寬厚，體格非常好，穿著深藍色的西裝搭上絹織的條紋領帶很好看。

「二位都認識降矢先生對吧，其實這是他父親蓋的房子。他們家在御殿山新蓋了一座大宅院，才把這棟房子便宜賣我。」

「喔喔，原來是這樣。想來您跟降矢先生關係不錯嘍。」

「大家都同鄉嘛，而且最幸運的是，降矢先生的父親很照顧同鄉的年輕人。呃呃，說是同鄉，其實還是有點差別，他們在甲府那邊，我在郡內。甲府是盆地，郡內是山區，吉田是我的故鄉——這樣說，二位應該有點頭緒吧？」

「所以您是富士御師……」

孝冬這話一說出口，波田開心地笑了。

「對，您真是博學多聞。啊啊，您是神職嘛。我們家世世代代都是富士御師。」

孝冬轉頭對鈴子解釋。

「所謂的富士御師，算是宗教人士。」

「宗教人士……」

「算是信仰的扶助者吧，他們會提供一些符咒，替人祈禱，給參拜者安排食宿之類的。富士御師是指富士講的御師，信仰富士山的團體就稱為富士講，從旁輔助這些人的就稱為富士御師——這種說法會太簡潔嗎？」

最後那句話是問波田的，波田笑著搖搖頭說。

「不會不會，很充分了。我從小到大，過的就是您說的那種日子。夏天的時候要招待那些爬富士山的信徒，一有空就要配發符咒、幫人祈禱什麼的。夏天其他小孩都在玩，我卻忙得暈頭轉向呢。哈哈……」

波田爽朗一笑。會去爬富士山的，應該是修驗道的行者吧？這下鈴子算是解開了心頭上的疑慮，孝冬看她一副心領神會的表情，問她怎麼了。

「我剛才就覺得，波田大人很像苦行僧或修道人，果真是其來有自。」

波田似乎也對鈴子很感興趣。

「夫人您真趣味呢。」

「……這是我頭一次聽到這種評價。」

「欸！我也講過吧。」孝冬不太能接受鈴子的說法。

「沒有，你只是覺得我很好玩罷了。」

「還不都一樣？」

「不一樣。」

鈴子嚴正反駁，孝冬無話可說了。

波田笑了，眼角都擠出了皺紋，給人十分討喜的印象。

「呵呵……二位感情真融洽，令人羨慕啊。」

據說波田還是單身，他的眼神也確實有欣羨之情，可能他有中意的對象吧。

「您跟降矢家有緣，來說媒的想必讓您不勝其擾吧？」

「呃呃……是啦。」波田聽了孝冬的話，真的很困擾地抓抓腦袋，顯然對說媒的事情不感興趣。

「他們推薦我跟華族千金結婚，但我對那種的不太──啊！不好意思。」

鈴子本身就是華族千金，波田看了鈴子一眼趕緊道歉，鈴子要他別放在心上。

會想嫁給波田的華族千金，十有八九是經濟窘困的沒落華族吧。追求高貴血統的資產家和追求財力的華族，兩者的利害關係一致。但波田不想那樣做，他不是一個贊同政治婚姻的人吧。

「占用二位時間也不好意思，我們談正事吧……請等我一下，我把東西拿來。」

波田起身離席，沒一會兒工夫拿著金漆木盒回來了。

「我沒有收藏美術品的嗜好，但是偏偏這玩意特別吸引我……這是我在向柳原的古董行買來的。」

波田把盒子放在桌上，那是一個很精美的蒔繪藝術品，金漆裡的金粉分布均勻，塑造出梨皮的質感，再用描摹灑粉的特殊技法，繪製出金花。盛開的花瓣中還有狹長的雄蕊，看起來很像小連翹，至於到底是哪種花，鈴子也說不準。一般的蒔繪藝術品，也沒人用這種花當作題材。

——可是，這種花……

鈴子對這種花有印象。前天她在芝紅葉館見到的女子，身上的和服就是這種花紋。不但如此，鈴子偷瞄波田身後，有一名女子站在那裡。頂著日式髮髻，頭低低的，雙手放在身前。近似黑色的深藍和服上，有鮮豔的黃花，是用金絲刺繡而成。波田拿著盒子走入室內，她就一直跟在後頭。

「這是硯箱。」

波田打開盒蓋，裡面裝著硯臺，盒蓋內側同樣有精美的金漆紋路。

「也不是年代很久遠的東西，但不知道是從哪來的。照理說，應該是歷史悠久的名門割愛的吧，後來又轉了好幾手，要是知道這玩意的來歷，一定更有價值吧……」

「可能有人跟華族便宜收購來的吧。」

孝冬端詳盒子，說出了自己的推論。

「世界大戰爆發後，華族釋出的美術品不在少數。」

很多經濟困難的華族，只好變賣祖傳的藝術品，願意高價收購這些古董的都是企業家，或者應該說是暴發戶。戰時那些暴發戶鴻運當頭，不少商人看準商機收購華族的傳家寶，替古董市場注入了一股活力。

戰後，暴發戶的企業經營不善，變賣古董的也不在少數。這一件蒔繪藝術品，也是這樣輾轉得來的吧。

「按照店主的說法，這東西就是有鬼魂附在上面，才一直轉手賣人的。這種故事我也聽多了，沒放在心上，沒想到買回來才過幾天……」

有一天晚上，波田無意間發現，有個女子站在房間角落的陰暗處，而且只有膝蓋以下的部位，在黑暗中隱約可見。

「最奇怪的是，和服上的花紋很清晰，跟這蒔繪一樣，都是金色的花紋。」

後來，波田不時會看到那名女子，都是在屋內看到的，好比早上打理服裝儀容，她就出現在鏡子邊；晚上準備關燈就寢，她就出現在光源照不到的陰暗角落。就只是待在那裡，也沒幹什麼，就一直站在那裡，沒別的了。

「漸漸地，我能看清她全身的樣貌。她總是低著頭，臉我看不清楚……看頭上的髮髻應該是已婚人士，怎麼死後會附在這盒子上呢……」

波田愣愣地看著半空，似乎在推測女鬼附在古董上的原因。他沒發現女鬼就在身後，誠如他所言，那女鬼也沒什麼動靜，就只是站在那裡。

「這就是您要驅邪的原因是嗎？」

孝冬瞄了那個女鬼一眼，向波田提問。

波田這才回過神來答話：「對，沒錯。」

「富士御師當中，沒有會驅邪的人嗎？應該有吧……」

「是沒錯，但他們不能參與民間的祈禱或咒儀——唉，說實話吧，我是不顧家人反對離開故鄉的，也沒那個臉面回去找人幫忙啊。」

波田的語氣有些羞愧，頭也垂了下來。

「原來是這樣，難怪降矢先生特別關照您了。」

「降矢先生他——他的父親很看重故鄉，也挺關心富士講和富士御師。可惜我們自家人搞得烏煙瘴氣，我也不想再當御師，就離開故鄉了。」

「是神佛判然令的關係吧。」孝冬直接點出答案，鈴子不懂這兩者有何關聯，孝冬又對鈴子解釋。

「富士講打算吸收神道，力求圖存。」

波田皺起眉頭，滿面愁容。

「說穿了就是趨炎附勢罷了，空有一個組織的形骸殘留，但內涵變得亂七八糟，有什麼意義呢？」

孝冬溫柔地眯起眼睛。

「原來如此。您不能接受這一點，才來到東京發展是嗎？」

「讓您見笑了是吧。」波田扭扭身子，顯得很尷尬又不好意思。

「不會，我們家也發生過這樣的問題，在那個年代也不是很罕見的事情。」

明治維新以後，宗教界面臨了重大的變革。鈴子曾聽孝冬說過，神道界也掀起了不小的波瀾，從剛才的對話不難發現，富士講也碰到了同樣的問題。

「扯遠了，不好意思。總之，您要替硯箱驅邪是吧。」孝冬再次確認後，伸手準備拿取盒子。

淡路之君沒有現身，可能這個鬼魂不合她的胃口，或者她肚子還不餓吧。

「關於這一點。」

波田也伸出手來，請孝冬暫待。

「方便的話，我想知道這盒子的來歷。」

「來歷？是指原先的持有者嗎？」

「是的，不知道來歷，心裡實在不痛快。」

「這樣啊……」

孝冬困惑地歪著頭說：「想知道來歷，去向美術商打探一下不就得了？」

「美術商很多，也不知該找誰好……降矢先生也替我介紹過，有一個美術商專門收購名門的傳家寶，可是對方也不知道這玩意的來歷。」

「美術商都不曉得了，我更不可能知道啊。」

「可否請您用特殊能力看一下……好比，用靈視或千里眼之類的。」

「哈哈。」

孝冬輕笑兩聲，但他為人謹慎，並沒有透露鈴子的能力。

「您對我寄予厚望，我承受不起啊。神職跟千里眼是不一樣的。」

波田怯生生地搔頭。「是嗎？唉，也對啦。抱歉啊，是我失言了。」

孝冬還有話沒說完。

「不過呢，從這個鬼魂的樣貌，或許能看出一點端倪。」

「鬼魂的樣貌——」

「這鬼魂穿著深藍色和服，上頭有黃色的花紋，共有五個家紋對吧，而且是鳳蝶紋。」

孝冬凝視著波田身後的女鬼，鈴子也仔細觀察女鬼的樣貌。和服的胸口一帶，用防染留白的技法做出了鳳蝶的家紋，十分華美。

波田順著孝冬的視線，轉頭望向後方。但他的視線亂瞟，沒有停在女鬼身上。

「在……在我身後嗎？我白天都看不到。」

孝冬微笑沒說話，他怕嚇到波田，不敢直說女鬼就在波田身後。

「既然這硯箱年代並不久遠，從那女鬼的家紋和裝扮，或許能查出一點線索。當然，我也不敢保證，畢竟使用蝴蝶家紋的名門太多了。」

波田興奮地湊近孝冬。

「厲害，我只看得到她的身形，但家紋完全看不清楚。原來您真有些本事啊。啊！不好意思，我又失言了。」

「別介意，這種事本來就該多留心，就算是降矢先生介紹來的也一樣。」

「哎呀，實在抱歉哪。那就麻煩您了。」

波田把硯箱遞給孝冬，上頭的金漆閃耀光芒，女鬼身上的金絲刺繡，似乎也在同一時間閃閃發光。

鈴子在回程的車上，提起自己在芝紅葉館見過那名女子。

「妳在紅葉館見過……？怎麼會呢。」

孝冬雙手環胸，說出心中疑慮。

「難不成波田先生當晚也在那裡？」

「還帶著硯箱？不會吧。」

「疑團重重啊。看樣子附在那硯箱上的鬼魂，會到處亂跑呢。」

孝冬望向副駕駛座，裹著硯箱的包袱就放在那裡，目前車上看不到那個女鬼。

「還有一件事也啟人疑竇，波田大人為何想知道硯箱的來歷呢？」

「講句不好聽的話，弄清來歷的古董會更有價值——例如，某某名門割愛的古董，自然價值連城。」

「他看起來不像那種人啊。」

「人不可貌相啊，但我也贊成妳的說法，也許他只是好奇吧。」

說是好奇也不大對，偏偏鈴子他們又猜不出原因。總而言之，現在硯箱暫時歸他們保管。鬼魂必須祛除，來歷也得查個清楚。

「淡路之君沒現身……你打算怎麼驅邪呢？」

「我也不知道。」

孝冬很坦白。

「念幾句驅邪用的祝詞，那女鬼也不見得會安息吧。」

「那麼——」

「還是老老實實查線索吧。我本來就打算這麼做，所以才會答應波田幫他調查來歷，反正是免不了的。」

孝冬對鈴子露出了笑容。

「追查鬼魂的生平和硯箱的來歷……這應該也是妳的信念吧。」

「也算不上信念啦……」

鈴子對孝冬說過——她想追尋亡者的餘燼。鬼魂是亡者留下的餘燼，也是他們曾經在世的證明。不是每一個人都有陰陽眼，亡者總有一天會被世人遺忘。因此，鈴子好歹要知道亡者想留下什麼訊息。

孝冬認為這是在「對抗遺忘」，喜歡咬文嚼字是他的壞習慣吧。

「首先，查一查妳在芝紅葉館看到的女子吧。」

「怎麼查呢？」

「直接跑一趟嘍。」

於是，二人決定再走一遭芝紅葉館。

當天晚上，鈴子和孝冬動身前往芝紅葉館。孝冬利用關係，在朋友出席的聚會上多安插兩個名額，他們的目的不是吃飯和參加酒宴，找個名義到場比較方便。鈴子和孝冬一踏進館內並沒有前往包廂，而是先在走廊閒晃。

「希望這樣可以找到那名女子啊……」

兩人在廣大的腹地徘徊，也不曉得能否再見到那名女子。

「是說，跟店家打聽當晚的來客，店家也不會告訴我們吧。」

芝紅葉館是政治人物密談磋商的地方，店家保密功夫做得很周到，只能腳踏實地尋找那名女子，或是逐一打探消息了。

「總之先繞一圈，向那些女服務員打聽看看，有沒有人見過那名女子。」

「那我們分頭進行吧，不然這裡太大了。」

兩人目前所在的本館，又稱為表二階，此外還有偏廂房、茶室，以及新蓋的別館。表二階一樓共有四間包廂，七坪的包廂有兩間，剩下兩間是九坪和五坪。二樓也有四間包廂，七坪和九坪的各兩間。

新館一樓有三間包廂，兩間十七坪，一間十四坪。二樓也是一樣的空間格局，室內的拉門都拆掉的話，全部合起來將近有五十坪大小，面積太大了。

「妳一個人不太妥當吧？」

孝冬不贊同鈴子的提議，但兩個人同行確實太花時間。鈴子請孝冬調查本館，自己堅持前往新館查探。

新館和本館有一條相通的走廊，就在庭院的山水造景旁，鈴子穿過走廊進入新館，拉門內傳來三味線和酒客的歡笑聲。包廂裡很熱鬧，走廊卻靜悄悄的。鈴子拐個彎來到檐廊，從這裡能看到日式庭院。

樓上也傳來宴會的喧鬧聲，鈴子定睛觀察每一個角落，偶爾回頭注意後方，就是看不到那名女子的身影。這時有女服務生打開拉門，拿著配膳盤快步走來。

「請問……」

鈴子叫住對方，她都還沒開口，女服務生就劈里啪啦說了一大串。

「您要去洗手間嗎？走到那邊拐個彎就是了——」

鈴子伸手請對方先靜一下。

「不，不是的。我是想問問，妳有沒有見過一名婦女，穿著深藍色的和服，上面繡有黃色的花紋？」

鈴子一口氣把要問的說完，女服務生愣了半晌，答話時語尾拖得很長。

「沒有喔～」

女服務生搖搖頭，拿著配膳盤走人了。鈴子在各包廂之間請教往來的女服務生，換來的都是一樣的答案。

——不過，當晚我的確看到了……

為什麼？為什麼那名女子會出現在鈴子面前呢？

鈴子思索著這個問題，繞過檐廊的轉角，差點撞到對面的來客。她趕緊讓開，對方是一名醉醺醺的中年男子。也不曉得是企業家還是政治人物，身上穿的西裝很高級，但肚子大得像布袋和尚，感覺背心都快撐破了。眼神一看就喝茫了，紅通通的臉龐也不像布袋和尚那麼討喜。對方一看到鈴子，表現得相當意外。

「這家店還有像妳這樣的女孩子啊？新來的嗎？」

對方誤以為鈴子是藝妓，鈴子的髮型、裝扮、服飾明明完全不一樣，這個人到底是怎麼看錯的，喝得也太醉了吧。

「這裡的藝妓水準都不錯，真棒。只是有些故作清高啊，我是不討厭啦。聽說，還有家境困難的公家千金是吧——」

這個人講話口齒不清，鈴子有一半以上聽不懂。對方搖搖晃晃接近鈴子，鈴子向後退了幾步，她差點跌到檐廊外頭，伸手扶著柱子。

男子舉起大掌抓住她的手腕。「妳手腕也太細了，有好好吃飯嗎？嗯？這樣不行喔，要多吃點，多長點肉才好啊。」

男子嘻皮笑臉、油腔滑調，鈴子聞到酒臭味，忍不住別過頭。跟這種醉漢說什麼都是白費唇舌，她在淺草貧民區和繁華街見過太多這種人了。

——把他推下檐廊，是否太過火了？

這邊的檐廊不高，摔下去應該不至於受傷，這傢伙酒醒了也不會記得吧……可是萬一受傷了怎麼辦……鈴子這一猶豫，男子伸手要摸她的臉。她想撥開男子的手，被抓住的手腕卻動彈不得。鈴子越想甩開，男子就抓得越用力，喝醉的人也不會控制自己的力道，鈴子痛得皺眉。她甩不開對方，下巴還被抓住，酒臭味湊得更近了。

「妳真是美人，來包廂替我們斟酒吧。」

連客人和藝妓都分不清了，哪分得出鈴子是不是美人呢？

酒臭味再加上難以擺脫的糾纏，讓鈴子心生厭惡，男子黏膩的手掌好噁心，害她渾身起雞皮疙瘩。

要不要大聲呼叫女服務生來處理呢？叫不來怎麼辦？男子會惱羞成怒吧？可是，再耗下去就要被拖進包廂裡，得趕緊掙脫逃跑才行——

千頭萬緒的鈴子先拉開距離，接著推開對方。對方拉住鈴子的力道突然落空，一個重心不穩踉蹌，摔了一屁股。鈴子攀著柱子穩住身形，正想邁開步伐逃跑，腳踝卻被抓住了，整個人差點跌倒。

回頭一看，男子趴在地上抓住她的腳踝，醉醺醺的臉龐比剛才更紅了，而且是醉意加上怒火的潮紅。

「妳……他媽的，一個下賤藝妓——」

男子氣得火冒三丈。鈴子心想，原來失去理智的人，表情會變得如此醜陋不堪。對方抓住鈴子的腳踝，試圖撐起身子站起來。鈴子想逃，但男子的手勁比剛才還要大，腳踝痛得好像快斷了。

想不到男人的力量如此恐怖，鈴子這才明白，她根本不了解男人。懊惱和恐懼讓她的心如墜冰窖，雙腿也無力地發抖。遠處依舊聽得到宴會的嬉鬧聲。

這時，後方傳來地板嘎吱作響的聲音，當她聽出那是腳步聲時，隨即又聽到沉重的碰撞聲響。抓住鈴子腳踝的那隻手，被某個人狠狠踩住，那個人正是孝冬。

男子發出像蛙叫一般的哀號聲，摀住手掌在地上翻滾。孝冬一把將鈴子護在身後，鈴子看不到孝冬的表情，但從他背影散發的氣息，可以感受到一股冷峻的怒意。

「孝──」

鈴子正要呼喚孝冬，前方有人說話了。

「──都沒事吧？」

說話的是一名老翁，聲音聽起來很平靜，身材高䠷的老翁打開遠處的拉門，探出半個身子問話。他也沒關上拉門，直接走近孝冬和鈴子。老翁穿著一身墨綠色的高級和服，外面還有一件淡綠色的羽織，一看就是個有品味的老年人。老翁的頭髮都白了，但髮量豐沛，還留了一把鬍子，眼神溫和知性，至少不是酩酊大醉。

老翁瞄了趴在地上哀哀叫的男子，蹲下來說：「哎呀呀，我還在想你怎麼去洗手間都沒回來，結果你竟然醉倒在這種地方，真拿你沒辦法……」

「啊啊，嗚嗚……」男子搖搖頭痛苦呻吟，想澄清自己不是醉倒在地。

「你該不會得罪了這對夫妻吧？人家可是華族喔。」

男子嚇得倒抽一口氣，眼睛張得老大。

「這位是花菱男爵，跟元老素有交情，你不會連這都不知道吧？」

老翁以冷漠的眼神俯視男子，看樣子地位在男子之上。老翁回頭叫包廂裡的人出來，兩名穿著西裝的男子現身，攙扶醉漢入內，等拉門關上後，老翁轉頭對鈴子和孝冬說：「我的同伴失禮了，還請二位大人有大量啊……」

老翁鞠躬致歉，孝冬沉默不語，態度依舊嚴峻。鈴子離開孝冬身後，站到他身旁。

「別這麼說，我還要感謝您出手相助呢。」

鈴子也低頭道謝，不然繼續僵持下去，不知道孝冬會幹出什麼事情。孝冬身上的殺氣就是這麼嚇人。

「好說好說，真的非常抱歉啊。」

老翁戒慎恐懼地揮揮手，接著說道：「那個人酒品不好，我會好好罵他的。夫人您沒受傷吧？還是衣服哪裡弄髒了？」

鈴子正要回答自己沒事，孝冬卻先開口了。

「我妻子受傷了，麻煩你準備包廂讓我們包紮。還有，拿冰塊和毛巾過來。」

孝冬的語氣低沉又冷峻。

「那可不好……我馬上叫人準備。」

老人對著後方拍拍手，立刻有一名藝妓打開拉門現身。

「請帶這兩位貴賓到空的包廂，那位夫人受傷了，再麻煩妳準備冰塊和毛巾。剛才那個醉漢把人家弄傷了，真是要不得……」

藝妓連忙回到包廂內。

「真的非常對不起啊。」

老翁再一次鞠躬致歉。

「冒犯我妻子的人是那個醉漢，不是你。你沒必要跟我道歉。」

孝冬講話完全不留情面。

「還有一點你誤會了，跟元老素有交情的是我祖父，不是我。要是其他人以訛傳訛，我很困擾，請你更正。」

老翁聽到這句話，竟然笑了。

「是這樣嗎……那真是太可惜了。」

「啥？」

「憑花菱家的本事，要結交元老或宮中顯貴，都不是難事啊。」

——宮中……？

鈴子不懂老翁為何有此一說，孝冬盯著老翁的眼神也變了，那是充滿戒心的眼神。

「敢問你是哪位？」

「都忘了自我介紹，是我失禮了。在下鴻善次郎，從事紡織生意。」

鈴子大吃一驚，差點叫出聲來。鴻？是那個鴻先生？

孝冬狐疑反問：「鴻心靈學會的──？」

「是的，正是在下。」

鴻展現出了氣度恢弘的笑容。

「上次多幡家一事，承蒙您關照啦。」

孝冬默默凝視對方，藝妓帶著另一名女傭來到現場。女傭手上拿著一個木桶，裡邊有冰袋和毛巾。

「二位，這邊請……」藝妓在前頭帶路，鈴子和孝冬也隨藝妓離開。鴻再一次鞠躬，目送二人離去。

鈴子和孝冬被帶到表二階的茶室，大概是因為這邊很安靜，聽不到酒客喧囂吧。

「孝冬先生，我並沒有受傷啊……」

「妳腳踝被抓住了不是？這跟處理跌打損傷一樣，要趕快冰敷才行。」

孝冬讓鈴子側坐在榻榻米上，伸出被抓住的那隻腳，白皙的腳踝上有鮮紅的指印。孝冬皺起眉頭說道。

「對不起，我不該放妳孤身一人——」

「別自責，是我說要分頭調查的。」

鈴子只顧著找那名女鬼，失去了該有的戒心，她壓根沒料到自己會被醉漢纏上。不，她在淺草看過太多醉漢了，以為自己碰到醉漢也有辦法應付。不料，人家光是使出蠻力就讓她無法反抗，她緊咬著嘴唇，心裡充滿悔恨與不甘。可惜自己沒有強大的臂力，不然就能甩開醉漢了。

「是我思慮不周，讓你擔心了。」

「妳不用跟我道歉，錯的是醉漢，不是妳啊。」

「對啊，夫人。」

藝妓把毛巾和冰袋交給孝冬，也跟著聊上了幾句。

「那些酒後亂性的客人，連我們都處理不來了，夫人真的是碰上無妄之災啦。」

藝妓說的不是客套話，而是真的很同情鈴子。想必她們面對那些醉漢，也是一個頭兩個大吧。

孝冬先用毛巾蓋住鈴子的腳踝，再隔著毛巾冰敷，涼涼的感覺很舒服。

「之前有一個藝妓啊，還被醉漢扔酒瓶呢——啊！我說的藝妓，其實就是像我們這種服務員啦——那個女孩好可憐，額頭還受傷了呢。」

「天啊……真是太過分了。」

鈴子皺眉附和，這不只可憐，已經構成傷害罪了吧。

「好在有其他客人照料，還幫忙找醫生過來。那本來是一場慶祝酒會，主辦的大人物也很火大，但那個醉漢死不認錯，甚至對主辦的大人物出言不遜。聽說後來酒醒了，才乖乖去跟人家道歉。」

「有跟受傷的藝妓道歉嗎？」

藝妓整張臉皺起來，白色的粉底都擠出了紋路。

「怎麼可能啊？那些客人才不會對一個小藝妓道歉呢。那個醉漢都說了，區區一個藝妓受傷有啥好大驚小怪的。我聽了好火大，不對，不只是我，所有藝妓都很火大——啊啊！不好意思，跟二位說這些無關緊要的話。因為自己經歷過，所以我一聽到夫人被醉漢弄傷，真的很同情夫人……」

鈴子微笑以對。

「多謝關心。那位藝妓的傷勢怎樣了？」

藝妓的眉毛成了倒八字形，表情也太豐富了。

「傷是已經好了，但她不敢進包廂跳舞助興了，現在只當個送餐的。」

所謂「送餐的」，是指紅葉館中負責配送餐點的女服務員。餐點送到包廂後，再交由藝妓端到客人面前，服務員本人不必進入包廂。

「那女孩長得漂亮，舞藝也相當好，實在可惜了……那醉漢真令人火大，最好他走路去撞到櫃子，腳趾頭的趾甲都斷光光。」

這位藝妓是真的很生氣，自己的朋友被人暴力相向，甚至受人輕蔑，會生氣也是理所當然的事情。

鈴子光聽就不好受了，尤其年輕女子破相，絕對是莫大的打擊，難以想像那名女子受了多大的心靈創傷。醉漢一定不認為自己有錯吧……鈴子嘆了一口氣。

「對不起，跟你們講這種晦氣的事情，我也真是的……聊一些開心的話題吧。是說，我也沒什麼開心的話題可聊。兩位客人呢？」

這位藝妓講話很討喜，有種一掃陰霾的清朗氣質。孝冬本來憂鬱地觀察鈴子的傷勢，如今也面帶微笑了。

「要聊開心的事情啊，我最近結婚了。」

「哎呀，原來二位是新婚啊，那真是恭喜了。」

「多謝。」

孝冬害臊地笑了，藝妓也喜笑顏開。

「要是所有客人都跟老爺您一樣，那該多好啊。」

藝妓的語氣很開朗，鈴子卻難過得低下頭來，她聽出了背後深沉的哀怨，想來這位藝妓也飽嘗辛酸委屈吧。

——沒有人想被這樣糟蹋、傷害啊。

藝妓閒話家常，也不再聊醉漢的事情。鈴子的腳踝經過冰敷，傷痕也消退了，孝冬才起身準備走人。

「承蒙關照了。」

鈴子向藝妓道謝後，藝妓帶領二人前往玄關，說道：「夫人的傷勢並沒有大礙，真是萬幸啊。」

孝冬忽然想到一個問題。

「請問，妳有見過一位婦人，穿著深藍色的和服，上面有黃色的花紋嗎？」

鈴子和孝冬終於想起自己來這裡的目的。

孝冬沒頭沒腦地問問題，藝妓聽了大感意外。

「您說……穿著深藍色的和服，上面有黃色的花紋？這，我不記得吔，二位在找那位婦人嗎？」

「呃呃……沒錯。好像是家道中落的華族夫人，後來行蹤成謎，我們就四處打探消息。基於某些原因，也不方便透露她的姓名。」

孝冬又編出了一套巧妙的說詞，總不能說自己在找鬼魂吧。

「原來是這樣，那我會多留意。要不要我請其他的同事幫忙？」

「好啊，麻煩妳了。對了，和服上還有鳳蝶的家紋，共有五個家紋。」

「鳳蝶的家紋是嗎？我記下了。」

藝妓點點頭，答應幫這個忙。

二人走出玄關時，已接近深夜時分。

「妳的腳會痛嗎？」

孝冬擔心地看著鈴子，鈴子微笑道。

「我沒事，有你照顧我就好了。」

孝冬和那名藝妓的關懷，滋潤了鈴子的心靈，減輕了悔恨與痛苦。她只希望受傷的藝妓也能得到同樣的關懷，平復受傷的心靈。

「這裡的調查工作，就交給阿夕小姐吧——」

「阿夕」就是他們剛才認識的藝妓。

「我們從家紋下手吧。」

「從家紋下手……」

鈴子眺望黑夜，潮濕陰暗的夜空中，彷彿有亮白的蝴蝶飛舞。

蝴蝶家紋是桓武平氏的代表性家紋，不少公家和武士階級也以蝴蝶為紋。蝴蝶紋有一種無可比擬的美感，相當受歡迎。

「從髮型來看，那名女鬼生前結婚了，所以用的是女紋，不是夫家的家紋吧。」

孝冬在回程的車上，說出了自己的推論，鈴子也贊同這說法。女紋是指女性使用的紋，嫁人以後也能用。有些是用娘家的家紋，也有用母親或祖母這一類母系親屬傳下來的紋。當事人也可以決定自己要用什麼紋，就不知道那個女鬼的紋是哪一種，總之應該不是夫家的。

鈴子用的是交叉的鷹羽紋，那是她老家的家紋。

「會找人做那麼精美的藝術品，家世不會太差，很有可能是華族。連那麼精美的藝術品都拿來賣，代表是沒落的華族吧。先從可能性較高的查起，才是合理的做法。」

「這麼說來，是公家華族嘍……」

鈴子喃喃道出可能性，孝冬也同意。

「先從公家華族查起吧。使用蝴蝶紋的公家，我隨便就想到了好幾個……西洞院子爵、平松子爵、交野子爵、長谷子爵、石井子爵，其他的得查一下才知道了。」

「我去問問千津阿姨吧，公家的事情她最清楚了。」

「那就麻煩妳了。」

——隔天，鈴子打電話回瀧川家。

「鳳蝶的家紋？那是桓武平氏的後裔在用的吧。」

千津說出答案，倒背如流。

「桓武平氏一脈是西洞院，後來又分出平松、石井、長谷、交野，大致上是這幾家用蝴蝶紋吧。還有——嗯？妳要問沒落的喔？我想想……」

千津沉思了一會兒，說道：「對了，聽說御倉家欠下了大筆債務，連日子都過不下去，跑去投靠關西的親戚呢。」

「御倉家？」

「我記得他們就是用鳳蝶家紋。壞就壞在他們誤信人言，做了錯誤的投資，當家的還算認真嚴謹，好像生了兩個女兒，沒有兒子。大女兒嫁給資產家，無奈還是改善不了家境，也不曉得現在怎樣了。」

「阿姨妳知道那兩個女兒的名字嗎？」

「妳問名字喔……啊啊！我想起來了。大女兒叫未央子，小女兒叫君子吧。」

鈴子問清名字的寫法，用紙筆記了下來。

「阿姨還知道其他消息嗎？我想知道更詳細一點。」

「那妳下午回來一趟吧，我幫妳跟知道的人打聽一下。」

「真的嗎？那太好了，多謝阿姨。」

「也不知道妳在查什麼，要適可而止喔。」

千津笑著掛斷電話，鈴子常問她一些奇奇怪怪的事情，她已經很習慣了。反正鈴子的疑問多半跟鬼魂有關，這一次想必也是如此吧。

鈴子凝視著那兩位小姐的名字。

——御倉家……嫁給資產家的大女兒……

鈴子的腦海裡，又想到了那金光璀璨的硯箱與和服。

吃完午飯，鈴子換裝準備拜訪千津。鷹燔煩惱著，該讓她穿哪一套衣服去赴約。

「千津大人偏好獨特一點的衣服，但她喜歡看您清純可愛的裝扮。所以，挑幾件色彩柔和，有花紋或是蝴蝶紋的衣服吧。」

鷹燔的觀念是，應邀赴約就該考量對方，做出合適的打扮。

「可是，太清純可愛的衣服，看上去又像未婚的小姐，真難辨啊。」

「這套和服真漂亮呢。」

阿若眉飛色舞地看著眼前的和服。她也不曉得該怎麼搭配才好，只是一股腦兒地讚嘆各式和服及腰帶。

鷹燔挑了一套水藍中帶點灰色的單衣和服，上面還有精美的白色繡球花染紋。淡粉色的腰帶上也有繡球花的紋樣，花朵上還停了一隻蝴蝶。羽織乍看之下沒有花紋，但白色的紋紗質地中，隱約可見流水的紋路，尤其這件羽織還有銀絲刺繡，穿在身上動一下，就像水面一樣波光閃閃，流水紋中也有夾雜銀絲的刺繡。

羽織綁帶選用有水晶飾品的款式，腰帶裡的襯布和外側的綁帶，也搭配腰帶本身的色彩，選用灰紫色。腰帶飾品上有三顆珍珠，跟羽織綁帶的水晶相得益彰。

「是不是太樸素了點？」

鷹嬸還嫌不滿意。

「可以了。」

鈴子倒是沒有不滿，這身裝扮乍看之下是樸素了點，但羽織和其他飾件別出心裁，應該很合千津的喜好。

紗羅的半衿假領上，有百合的刺繡。阿若手腳俐落地把假領縫在內襯衣上，她在縫假領的時候，還問鈴子想綁怎樣的髮型。

「髮型不用換了，倒是髮飾該挑哪一款才好？」

綁好的頭髮總要插上髮簪或髮飾，不能什麼都不用。

「用蝴蝶髮簪可好？」

鷹嬸建議用一款銀製的蝶形髮簪，上面還有琺瑯，鈴子也同意了。

換好裝，鈴子解開頭髮，請鷹嬸她們重新梳理一遍。外出的時候，鈴子會花上不少工夫梳妝打扮。

「買最中餅做伴手禮怎麼樣？」

阿若幫鈴子梳頭髮，鈴子對著鏡子問鷹嬸意見。

「千津大人很喜歡那一家店的最中餅，一定會喜歡的。她之前說過，想吃還要特地去日本橋買，太麻煩了。」

千津很喜歡日本橋某家菓子鋪的最中餅，鈴子吩咐宇佐見和由良，買來當伴手禮。上午先買回來放也沒差，但放太久餅皮會受潮。鈴子不介意吃濕軟的餅皮，但千津比較喜歡酥脆的口感。

「最中餅很好吃呢。」

阿若一臉欣羨，她也很喜歡漂亮的和服與美食。

「我有叫他們多買，到時候妳也吃一點，順便分給其他下人吧。」

「哇！真的可以嗎？謝謝夫人。」

阿若喜形於色，反應既純真又好懂。

「阿若，妳喜歡什麼食物？」鈴子詢問阿若。

「都喜歡啊。」

鷹嬸聽到阿若的答覆，說道：「哎呀，這不是跟夫人一樣嗎？」這話的意思是，阿若跟鈴子一樣貪吃。

「在青竹大人家沒什麼好吃的，所以我出外採買的時候，會去找一些糰子、天婦羅、壽司、關東煮、鍋燒烏龍麵的攤販，偷偷嘗一點。」

阿若羞答答地笑了。天婦羅、壽司、關東煮都是人氣美食，也是常見的三大小吃。但年輕貌美的姑娘常跑那種攤販，總是不太搭調。鍋燒烏龍麵是明治時代才流行的美食，天冷的晚上生意特別好，在寒夜的小巷享用鍋燒烏龍麵，一定很美味吧。

至於賣甜點的，除了賣糰子的小販以外，還有挑著箱子賣和菓子的。街上隨處可見攤販和叫賣的，會忍不住偷吃也無可厚非，肚子餓的人就更不用說了。

「沒什麼吃的？那青竹大人也太吝嗇了。」

這話是鷹嬸說的。

「啊啊！不是的。青竹大人食量少，吃飯有醬菜和味噌湯就夠了……我做太多還會被罵浪費。」

「年輕女孩子只吃這樣不夠啊。」

「青竹大人說，她從年輕就是這樣吃的……還嫌我食量太大。」

「怎麼能拿大家閨秀的食量，來跟需要幹活的人比呢。那個叫青竹的，連這點道理都想不通嗎？」

對大家閨秀來說，了解下人的際遇沒意義吧。或者，青竹從小接受的教育就是那樣，當然也就沒有同理心了，若真是如此，青竹也實屬可憐可憫。

「……那位青竹大人喜歡什麼呢？」鈴子突然有此一問。

「夫人問的是她對食物的喜好嗎？」

「沒有，也不僅限於食物……我只是好奇，她有沒有什麼興趣之類的。」

「這個嘛，青竹大人似乎喜歡吹笛子，幾乎每天都在吹呢。」

「笛子？」

「聽說跟家世有關係……」

「啊啊！她們的家職是笛子是吧。」

某些公家有世代相承的家職，好比神樂、琵琶、箏、笛，也有和歌、學問、裝束、廚藝等等。過去他們專門教授這些技藝，以此賺取酬金，是相當重要的收入來源。這一套制度到了明治時代被廢除，公家的財務也就更艱難了。

「我也不知道她吹得好不好，以前好像是吹奏笛子的名手。她本想潛心鑽研這項技藝，但她的父親不允許，理由是太熱衷才藝的女子，以後會嫁不出去。」

鷹嬸有疑問了。「怪了，妳不是說青竹大人並未婚配？」

「她結過一次婚，只是受不了夫家那邊的人，才嫁一年就跑回老家了。」

華族離婚的消息時有所聞，有的華族女子是被夫家給休了，也有主動回老家的。畢竟是稀罕的事情，阿若才會記得這麼清楚吧。

「後來她就盡情吹奏笛子，應該也樂在其中吧。」

「這樣啊……」

「能做自己喜歡的事情，也不代表就一定過得很幸福吧。」

「我每天能糰子吃到飽就很幸福了。」

鈴子有一搭沒一搭地聽著鷹嬸和阿若閒聊，心裡卻在想別的事情。

——家職……對了，公家世世代代都有專門的家職啊……

往日回憶如同泉水一般，慢慢湧出鈴子心底，那是她過去在淺草貧民區的記憶。貧民區是社會邊緣人和不法之徒聚集的地方，但那種地方也講規矩的。不對，應該說那種地方不講規矩的話，很快就會瓦解，負責制定規矩的則是角頭。

鈴子所在的貧民區也有角頭，是一名盲眼的按摩師傅。打架厲害不說，交遊也很廣闊，很受女人歡迎。而且在貧民區裡住得還算不錯，因為鈴子在貧民區只看過破爛房子，相形之下就還算不錯了。

像這一類盲眼的按摩師，在過去享有檢校的官銜。有一個公家華族的家職，就是授予那些盲人官銜，而且還是清華家的其中一脈——名門久我家，久我家的爵位是侯爵。

貧民區的角頭似乎是透過這一層關係，和久我家有點交情——話雖如此，也只是跟分家的分家有點交情。總之，多虧了這點交情，角頭得了不少便宜。

鈴子會想起這件事，主要跟銀六有關。銀六以前好像在華族家當差，後來透過門路到淺草貧民區發展，這個門路便是盲眼的角頭，銀六和那角頭認識。華族的下人又怎麼會認識貧民區的角頭呢？角頭跟久我家的親戚有關係，所以是透過久我家認識的吧——

鈴子心跳加速，呼吸也跟著急促起來。

——銀六叔叔……

當年，跟鈴子一起生活的那幾個人中，銀六是意見領袖，地位宛如一家之主。銀六是個嚴肅寡言的人，看起來有點恐怖，對小孩子倒是很溫柔，又懂得照顧人。他照顧年老力衰的虎吉爺爺，雖有一些怨言，卻照顧得十分周到。

住在貧民區的人都是默默地過日子，不會談論自己的過去。銀六、虎吉和丁姨從沒聊過他們來到貧民區之前的經歷，也不會有人問起。可是，要完全隱瞞過去是不可能的，聊天難免會透出一絲線索，或是不小心說溜嘴。

好比虎吉，他經常提起過去的街景，那些話題跟他自身無關，但從他的話裡，不難看出他過去的遭遇。虎吉很熟悉武士階級居住的區域，也跟鈴子提過不少，代表虎吉過去可能是那裡的居民吧。

用這種方式推敲，應該能找到更多線索。

——銀六叔叔當差的地方，可能是久我家的親戚吧……

鈴子試著喚起更多的往日回憶，她的心好痛。回想當年的往事，必然會想起銀六等人被殘忍殺害的景象。銀六等人血流如注，拚命阻止她回到淺草，那猩紅欲滴的血色，總是盤踞在她的腦海。

——天啊！

「夫人……夫人！」

鈴子猛然睜眼，明亮的午後陽光灑在臉上，鏡中的自己氣色卻奇差無比。鷹嬸和阿若憂心忡忡地看著她。

「您沒事吧？」鷹嬸關心鈴子。

「嗯嗯……我好像打盹了。」

「夫人您是做惡夢了嗎？那要不要說出來，說出來就不會怕了。」

阿若溫言相慰，鈴子笑著回答她。

「我已經忘記是什麼夢了。」

「是喔，那還是不要想起來比較好。」

——可是，我非想起來不可。

鈴子並沒有說出這句心裡話。

難得碰面，千津的裝扮依舊典雅瀟灑，深藍色的和服上有青色條紋和銀絲點綴，白色的腰帶上還有水墨風格的蓮葉和青蛙。紗質的黑色羽織，則有流水和白鷺的紋樣，整體搭配起來，彷彿白鷺要抓青蛙一樣。腰帶飾品上鑲有翡翠和鑽石，帶有波浪鬈的盤頭上，也插著一支翡翠的蝴蝶形髮簪。

下人端上鈴子帶來的最中餅和茶水，千津拍手叫好。

「哎呀，真是太好了。下雨天我懶得去買，好久沒吃這家店的最中餅了呢。」

千津剁開一塊最中餅，酥脆的餅皮裂開，散發出香甜的氣味。

「對了，我就愛這種酥脆的口感。紅豆內餡也包得很紮實，吃起來不會水水的。」

千津笑容滿面，鈴子暗自鬆了一口氣，好在挑了這份伴手禮。

「妳唷，都不回來讓我瞧一瞧，我都快忘記妳的長相了。」

千津吃著最中餅，埋怨鈴子都不回老家。

「剛嫁人就往娘家跑，也不好吧。」

「妳不是常跟雪子她們一起吃飯？」

「也沒有很常去吃飯啊，這個月中也才去吃了一次天婦羅。前些天還找了兩位哥哥一起聚餐而已。」

「這已經很頻繁了好嗎？怎麼不找我啦。」

千津鬧脾氣，怪大家不找她參加聚會。

「我們說好了，下次要找您一起來，改天吧。」

「不要改天啦，就明天。」

「這樣太突然了，我不確定孝冬先生有沒有空啊——」

千津氣呼呼地盯著鈴子，冷豔的眼神好嚇人。

「——我問問他有沒有空好了。」

「記得問啊。」

在瀧川家最有話語權的，非千津莫屬了。雪子和朝子也比不上她，嘉忠和嘉見就更不用提了。

「對了，妳想問御倉家的情況對吧？」

聊了一下彼此的近況後，千津終於切入正題。

「我問過麻布的姑姑了，她那個人什麼都知道呢。」

「真知道啊？」

「知道啊。她要是出版一部回憶錄，上流階級保證哀鴻遍野——御倉家啊，確實去投靠關西的親戚了。不過，去依親的只有夫妻倆。大女兒呢……就未央子小姐，嫁給了一名資產家。她的丈夫經商失利，又喜歡拈花惹草，甚至染上了花柳病呢。」

千津皺著眉頭，繼續說道：

「那丈夫不反省自己，還責備未央子在外面偷人，未央子也可憐哪，不堪羞辱上吊自殺了。對，她過世了，年紀輕輕就走了……更過分的還在後頭，丈夫變賣她的遺物還債，但自殺身亡的人，遺物也賣不到好價錢，丈夫還嫌她沒用——唉唉，真是夠了，我光聽到這些事心情就好沉重。妳不要緊吧？跟妳說喔，幾個月後未央子的丈夫猝死，麻布的姑姑說，肯定是未央子去報仇索命。」

鈴子思考了一會兒。那位資產家變賣的遺物中，是不是有硯箱呢——

「……您說只有夫妻倆去關西依親，那小女兒呢？」

「對啦，還有一個小女兒。親戚安排那小女兒嫁入豪門，但對象是個七十歲的老頭，這不等於守活寡嗎？太過分了。小女兒當年才十七歲吔，正常父母都會反對的，沒想到她父母竟然贊成。所以啊，小女兒就留在這兒，沒去關西了。也難怪啦，換作是我也會那樣做。」

「可是，留下來也——」

「窮困潦倒的公家千金，也沒幾條路可選，不是嫁人就是當人家小妾，再不然就是去當娼妓。」

千津冷笑道：「也有人識人不明，被賣去當陪酒女的。」

千津以前當藝妓的生活如何，鈴子並不知情。千津難得提起，鈴子也不會主動過問。

「那麼，小女兒……君子小姐她怎麼樣了？」

「聽說當了藝妓，在哪條花街就不清楚了。」

「當了藝妓……」

鈴子似乎拼湊出了事件的全貌，但又頗有霧裡看花的味道。不過，主要幾個關鍵要素應該都摸清了。

「——多謝了，千津阿姨。」

鈴子道謝後，準備離開。

「明天聚餐，別忘了啊。」

千津出來送行，還不忘叮囑鈴子。

鈴子帶著鷹嬸回到花菱家，御子柴報告她外出時發生的事。

「剛才芝紅葉館派人送來一封信。」

由良急忙拉扯御子柴的袖子。

「御子柴先生。」

「怎麼了？」

「不是——那個……」

由良支吾其詞。

「誰捎來的信？」

「信件在由良手上。」

御子柴要由良交出信件，由良面有難色，從暗袋中掏出信件。信封上有紅葉圖樣，背面寫著「阿夕」二字。

「啊啊，是阿夕小姐。」

「夫人您認識？」

「她是紅葉館的藝妓。」

「果然哪。」

鈴子從由良的表情中，看出了他的顧慮。

「我們有事情拜託阿夕小姐幫忙，她不是什麼可疑人物，放心吧。」

「是喔……」

由良半信半疑，大概以為是孝冬的情婦寄信來吧。

「你以為是老爺的情婦寄信來騷擾夫人嗎？」

鷹孀訝異地說道：「不可能啦，老爺他不是那種人。不過，你顧慮到夫人的感受，不願交出信件，真是體貼啊。」

由良一臉尷尬。

「沒深入了解情況，就私藏雇主的信件，這可是最要不得的事情。」

御子柴厲聲斥責由良。

「夫人對不起。」由良向鈴子道歉。

「沒關係，你是顧慮到我才那樣做的，多謝了。」

鈴子平靜道謝，由良低下頭轉移視線。鈴子一直以為由良是個冷漠又缺乏表情變化的人，沒想到他還挺重情義的。

——所以，他更無法接受孝冬先生成為一家之主吧。

因為，由良真正仰慕的是上一任當家，也就是孝冬的大哥。

——希望他能公平看待孝冬先生啊。

越是古道熱腸的人，越難做到這一點吧。孝冬也明白這個道理，似乎不打算改變什麼了。鈴子有意解決這個問題，但過度干涉又不太妥當，只能乾著急。

鈴子揣著信件回到房間，並讓鷹嬸退下。

「我要休息一下，妳先離開吧。」

鈴子坐上椅子打開信封。信紙上有分格線，角落還有「紅葉館」的字樣，應該是紅葉館的信紙吧。阿夕捎來的訊息很簡短。

——同事中有人見過那位夫人，請二位來一趟紅葉館。

當天晚上，鈴子和孝冬前往紅葉館。今天他們有預約包廂，跟前幾天不同。阿夕把飯菜送了過來，另一名送飯菜來的是普通服務生，並非藝妓。年紀二十出頭，長得十分標緻。

「我說有人見過那位夫人，就是她啦。對吧，小君。」

名喚小君的女服務生，驚恐地低下頭，答話也是有氣無力。

「是的……」

「要我陪妳嗎？這位老爺不是來喝酒的，妳不用害怕沒關係。」

阿夕溫柔安慰小君，並對鈴子和孝冬說道。

「我之前不是說過，有個女孩子被醉漢弄傷嗎？就是她啦。」

仔細一看，女子的額頭上有淡淡的傷痕。

「小君……妳是君子小姐對吧？」

鈴子道出女服務生的本名，女服務生驚訝地抬起頭來。她有一張氣質出眾的小臉蛋，眼睛也好漂亮。

「接下來交給我們就好。」孝冬請阿夕迴避一下，阿夕離開了包廂。

「——御倉君子小姐。」

這一次鈴子直呼對方全名，君子惶恐不安，卻也不再迴避鈴子的視線。

「二位怎麼知道我的身分？」

鈴子根本不需要推敲。千津說，君子後來當了藝妓，她又想起前幾天那醉漢說過，有公家千金在這兒當藝妓，她就猜想兩者可能有關聯。鈴子並沒有答覆君子的疑問，而是把一旁的包袱推到君子面前。

「請打開看看吧。」

君子狐疑地看著鈴子，默默解開包袱，君子一看到裡面金碧輝煌的硯箱，當場倒吸了一口氣。

「這是……」

「這是您的姊姊，未央子小姐的物品對嗎？」

君子出神地望著硯箱，似乎根本沒在聽鈴子說話。

「這上面的金漆花紋，是未央柳對吧。我打聽到未央子小姐的名字後，總算看出了這是什麼花。」

那朵鮮豔的金黃花朵，狹長的雄蕊增添了幾分細膩的美感。

「……這是我姊姊嫁人時，父母訂做的。」

君子以哽咽的語氣答話。

「因為男方是資產家，給了我們很多錢……」

語畢，君子低著頭不說話了。未央子就站在她的身後，和服上同樣是未央柳的花紋。鈴子終於看清她的面容了，未央子和君子一樣，都有一張氣質出眾的俏臉，只是眼神看上去比較含蓄內斂，睫毛跟未央柳的雄蕊一樣纖長。未央子面無表情，鈴子很猶豫，該不該把這件事告訴君子。

孝冬開口了。「君子小姐，您看見的那位夫人……」

「是我姊姊，正確來說，是我死去的姊姊。」

君子答話時，眼睛依舊盯著硯箱。

孝冬點點頭說：「這個盒子呢，是某位先生託付給我們的，他希望我們祛除上面的鬼魂。我是神職，也替人解決這類問題。」

「祛除鬼魂——」

君子抬起頭說：「這麼說來，這盒子上也有姊姊的魂魄了？」

「這盒子上也有？您這話是什麼意思？」

君子再次低下頭來，從腰帶中取出一樣東西，放在榻榻米上。那是一個梳子，半月形的黑色鱉甲上，同樣有金漆繪製的未央柳，跟硯箱上的金漆造型一模一樣。

「這個梳子是姊姊出嫁前給我的，算是其中一件嫁妝……她希望我帶在身上。」

君子握緊膝頭上的雙拳。

「姊姊嫁的資產家，年近六十，結了三次婚，小妾不計其數。那種人就像蒼蠅一樣，一聽說沒落的公家華族有適婚女子，就想來占我們便宜。我們跟死屍沒兩樣，父母也樂得拿屍塊餵養他們，根本把自己女兒當成物品。」

君子面無血色，神情緊繃。鈴子偷看她身後的未央子，未央子的臉上沒有悲哀和怒意。或許，未央子已經失去了這些感情吧。

「姊姊出嫁三年就死了。」

君子只說出姊姊身亡的事實，沒有談及內情。

「後來，我不時會看到姊姊的身影。」

有時候在房間角落，或是庭院的樹蔭下，也有在嘈雜的人群當中。死去的姊姊同樣穿著深藍色的未央柳和服，那也是她的嫁妝。

「我一點也不害怕，因為我們姊妹倆有志一同。」

「有志一同？」

「我們雖然被當成物品，仍然有自己的想法和主見。我們常互相鼓勵，要堅強地生存下去。可是……」

可是，姊姊卻死了，君子凝視著自己的雙手。

「姊姊會嫁給那種人，大概是顧慮到我的關係吧。如果姊姊孤身一人，早就離家追求自己的一片天了——不！早知如此，我們應該一起逃出家門的。然而，姊姊去世了，她無緣追求的生活，我要連她的分一起活下去。所以我猜想，姊姊是在守護我吧。」

君子拿起那個金漆梳子。

「我之前去接客，都會戴上這個梳子，感覺姊姊就在我身旁。一個華族千金當藝妓，姊姊可能不贊同吧。但我很喜歡去接待客人，我擅長舞蹈，客人也看得開心。我生平第一次有做出貢獻的感覺，真的好高興……現在我受傷不敢接客，姊姊一定對我很失望吧，她要是有辦法說話，應該會叫我振作一點。」

君子虛弱地笑了。

「她——」

鈴子本想告訴君子，妳姊姊不會這麼說的。不過，她也不確定未央子會怎麼說。未央子的臉上，還是沒有表情。

「君子小姐。」

鈴子想讓君子知道，未央子就在她身後。雖然不曉得未央子的想法如何，但做姊姊的依然在守護妹妹。

不過，在鈴子開口之前，有人打開了拉門，而且正好是未央子後方的那扇拉門。未央子的魂魄消失了，從拉門中現身的人，正是波田。

「啊！不好意思，沒先知會一聲就叨擾各位。」

波田冒冒失失地開了門，才連忙道歉。

「我聽說你們找到了硯箱的持有者，才急著——」

「無妨，請進來一談吧。」

孝冬親切以對，波田低頭致謝，進入包廂之中，原來孝冬也把波田找來了。

波田一坐上榻榻米，看到君子也在場，表現得有些訝異。君子看到波田，也訝異地摀住嘴巴。

「前些日子——」

波田舉止倉皇，講話也吞吞吐吐。君子轉身面對波田，雙手拄地，低頭行禮。

「上次承蒙關照了，多虧您的照料，我的傷好了許多。」

「啊啊，那就好。」

鈴子和孝冬對二人的關係感到疑惑，波田害臊地笑道。

「呃呃，也沒什麼大不了的，就之前——」

「之前我受傷，就是這位先生照料我的，也是他把醫生找來。」

君子立刻說出了他們的關係。

「啊啊！您就是君子小姐受傷時，出手相助的客人啊。」

孝冬拍打膝頭，終於明白是怎麼一回事了。鈴子也想起阿夕說過的話，她說有客人照料受傷的君子，原來那個人就是波田。

這緣分也太妙了——可是鈴子轉念一想，又有不同的想法。

「波田大人……您買下這款硯箱，還想打聽出持有者的消息，難不成……」

鈴子沒把話說完，算是給波田留點面子。

——難不成，他看上君子小姐了？

君子當藝妓的時候，都把這個梳子插在頭髮上。波田看到硯箱上有同樣的圖案，才出手買下來的吧。而且，他想知道硯箱原本的主人——理由是硯箱的主人，可能跟君子有關係。

至於為何要用這麼拐彎抹角的方式呢？

因為從那天晚上起，君子改當服務生，再也沒到包廂待客了。除非請教其他藝妓，不然也沒辦法深入了解——

波田滿臉通紅，額頭上也滲出汗水。依他的個性，也不好意思去問其他藝妓吧。

「呃，沒有，我沒別的意思啦，真的。純粹是有點好奇罷了——」

「真溫柔呢。」

鈴子給了波田一個臺階下。

「君子小姐，這位波田先生買下了您姊姊的硯箱，他希望我祛除硯箱上的鬼魂，順便打聽原本的持有者是誰。波田先生，您買的硯箱，是君子小姐的姊姊生前的嫁妝。」

孝冬對二人做了簡略的說明。君子和波田隔了一拍，才想通前因後果。

「喔喔……是這麼一回事啊。」

「那是妳姊姊啊……」

君子顯得有些意外。

波田表示同情之意。

「姊姊驚擾到您了，真是不好意思。」

君子向波田低頭致歉，波田趕緊揮揮手說。

「不會，小姐言重了。」

「這麼說來，梳子和硯箱是未央子小姐現身的媒介嘍。」

孝冬以理性的口吻分析，未央子小姐能現身，主要是那兩件器物的關係吧。

——不，應該不只是這樣……

未央子出現在波田面前，不只是因為他買下硯箱，肯定有其他更深的涵義，這是鈴子的推測。

「波田先生曾經照顧過君子小姐，所以未央子才會出現在您面前，希望您再幫君子小姐一把吧……」

鈴子說出自己的推測，但波田對其中一句話感到不解。

「要我再幫君子小姐一把……這是什麼意思？君子小姐還有其他困擾嗎？」

「君子小姐受傷後，就不敢到包廂接客了，目前是當普通的女服務生。」

「原來——」波田同情地看著君子。

「是這樣啊，也難怪啦。」

君子落寞地低下頭。「是我不爭氣，讓您見笑了。」

「這話就不對了。」

波田以強而有力的語氣說道。

「妳被人傷害了，不只是顏面受傷，心裡也受了傷。需要時間休養也是理所當然的，而且妳受到的傷害不輕，不敢再當藝妓也情有可原。丟人的是那個傷害妳的人，不是妳。」

波田說得義正詞嚴，並不是安慰君子才這麼說的，他是真心那樣想。波田的一番話打動了鈴子，同時也帶給她一個感想。

未央子就是想讓妹妹聽到這番話，才安排了這樣一個局面吧——她想藉著波田的口，鼓勵自己的妹妹，妳並沒有錯。

君子雙手掩面，肩膀不住顫抖，強忍聲音哭泣。她一定暗自落淚無數次了吧，作為一個千金小姐和藝妓，她都得不到該有的尊嚴，只能扼殺自己的心靈度日。波田怯生生地拍著君子的背部，臉上盡是擔憂的神色。

這時，鈴子反射性撐起身子，因為未央子隱約出現在波田和君子身後的拉門前，隨後穿過拉門消失了。

鈴子起身打開拉門，衝到走廊找人，走廊下一個人影也沒有，遠處陰暗的角落，有一道深藍色的背影。君子也來到鈴子身旁，驚叫一聲。

「姊姊——」

未央子走過轉角，君子趕緊追上去，鈴子也跑了過去，二人拐過轉角，那裡已經看不到未央子了。

「妳姊姊安心了吧。」鈴子喃喃自語。

剛才跑過轉角的那一刻，她似乎看到未央子的臉上，掛著溫柔的笑容，未央子大概不會現身了。君子跪倒在地，淚如雨下。

鈴子回到包廂後，對孝冬說：「未央子小姐應該安息了。」

「那太好了。我跟波田先生正在商量一件事情——君子小姐。」

孝冬對著哭紅雙眼的君子搭話，並對波田使了一個眼色，波田開口說道。

「我的朋友——應該說是我高攀不起的朋友吧，那位朋友比我更了不起，地位和名聲也遠在我之上。他的夫人呢，打算創立一間女校。」

鈴子猜想，波田指的是降矢先生吧。

「不是給良家千金念的女校，夫人希望窮人家的小孩，也有機會受到良好的教育，所以學生多半是工匠和車夫的女兒。學校附設宿舍，而且夫人有心教導那些孩子禮儀，讓她們成為端莊的淑女。可是，要找一個好的舍監並不容易，夫人正頭疼呢。妳若不嫌棄的話，要不要當那所學校的舍監呢？」

君子目瞪口呆，眨眨那雙紅通通的大眼睛。

「那份工作是比這邊的單調一些，但薪水高多了，而且有包食宿，也不愁沒地方住。再者，那邊是女校的宿舍，沒有男人更不會有醉漢。我想，妳不必再擔驚受怕了。」

君子慢慢聽懂了波田的意思，眼睛都亮起來，鈴子頭一次看到她那麼雀躍的眼神。

「這麼好的事情，真的可以嗎——」

「夫人一直問我有沒有好的人選，妳肯接受的話，我也臉上有光啊。」

真不愧是聰明伶俐的商人，話說得真漂亮。

「不用急著決定沒關係。先跟夫人見個面，實際去學校參觀一下，我幫妳引薦。」

「那就麻煩您了。」君子開懷無比，臉上的笑容，如同盛開的鮮花一般嬌豔。

「——我還以為，波田大人會跟君子小姐求婚呢。」

鈴子在回程的車上，說出了心底話。

「是啊，我也是這麼想的，所以我對波田先生說過同樣的話。波田先生實在是個正直的好人哪，他跟我說，現在告白有點像趁人之危。」

「哎呀，還真是正直呢。」

孝冬苦笑道：「我聽了心虛啊。」

「為什麼？」

「妳還問我，我反省自己當初求婚的方式，並不光彩啊。」

鈴子不講話了，孝冬的求婚方式確實不太光彩。

「這種事沒什麼好比較的。況且，波田先生的為人，就像個修道人一樣啊。」

「也對啦，不像我業障重，他的為人我學不來。」

「你也有你的優點啊。」

「鈴子小姐，妳別太寵我，不然我會得意忘形。」

「沒辦法啊，稍微對你冷淡一點，你就垂頭喪氣不是嗎？」

「拜託不要對我冷淡。」

孝冬一臉嚴肅地拜託鈴子。

「要拿捏得恰到好處太困難了。」

「那還是寵我一點好了。」

「我盡量。」

孝冬清朗的笑聲，彷彿在靜謐的黑夜中悠揚輕舞。鈴子喜歡孝冬真心歡笑的表情，而不是那種皮笑肉不笑的笑容。她寧可看孝冬撒嬌，也不願看孝冬獨自煩惱。

——這種感情，說是一往情深似乎又不太對喔……

孝冬應該也會說，這兩種感情不太一樣吧。鈴子聽著孝冬愉快的笑聲，琢磨自己心中的情感。

堀切是東京近郊恬靜的農村地帶，也是知名的賞花勝地，江戶時代就有好幾座菖蒲園，小高園和武藏屋等地特別有名。

是日，孝冬邀鈴子來堀切欣賞花菖蒲。

「原以為錯過了最好的賞花時機，沒想到還挺漂亮的。」

「是啊。」聽了孝冬的感想，鈴子也表示贊同。

天上下著濛濛細雨，菖蒲池中花團錦簇，有各種顏色的花朵，包括深紫色、白色、紅紫色、藍色……萬紫千紅中有綠葉點綴，在煙雨朦朧中美得像一幅畫。

兩人來到茅草搭建的茶鋪歇息，欣賞雨中的花菖蒲。可能最好的賞花時機已經過了，或是天上下雨的關係，來賞花的人並不多。茶鋪的客席有五坪左右，客人只有孝冬和鈴子，以及一位老婦人和她的侍女。花菖蒲盛開之時，市區會有大批遊客來訪，很難這樣悠閒地喝茶賞花。

店員送來了茶水和甜點，餐盤上有兩顆裹著紅豆泥的小栗餅。孝冬發現，平時表情罕有變化的鈴子，一看到栗餅眼睛都亮了起來。一邊聆聽寧靜的雨聲，一邊欣賞鈴子享用美食，真是人生一大快事。

「像這樣悠哉一下也不錯。當然，前提是要有妳相伴。」

「你平常太忙碌了，要好好休息才行。」

孝冬乾笑兩聲。

「哈哈……我以前受不了閒閒沒事幹啊。」

——因為一旦閒下來，就會想起討厭的事情。

這句話孝冬沒有說出口，那種感覺就好像吞了一顆冰塊，冰塊滑進胃裡一樣。有時候，這種寒意會冷不防地找上孝冬，令他措手不及。彷彿在他心底，一直深藏著無法融化的頑冰積雪。

鈴子平靜地問道：「現在呢……？」

現在？孝冬想了一會兒。

——現在，倒是不討厭悠閒時光了……現在他一有空，就會想著鈴子。

「現在我喜歡悠閒一點，只要有時間，我就可以想著妳，現在我也在想妳。」

鈴子聽了，不解地反問：「我都在你身旁了，為什麼還需要用想的？」

「思念又是另一回事啊。不過，妳這麼說也對，難得有妳相伴，還是聊聊天比較好。」

「那要聊什麼？」

「嗯嗯～這個嘛，下次放假，要去吃什麼好呢？」

今天晚上已經決定好，要跟千津一起吃飯了。

「我想想喔……好久沒去吃鰻魚了，去吃鰻魚也不錯……不然吃壽司也行……啊啊，還是吃軍雞火鍋好了……」

鈴子煩惱著該吃哪種美食，孝冬憋笑憋得難受。

「以後放假，每一種我們都去嚐嚐吧。」

「可是，下個月我們就要去淡路島了不是？」

「啊啊！對吼，我都忘了。那麼，多品嘗一些淡路島的美食吧。下個月的當令食材是鱸魚和章魚，都很好吃。竹筴魚也不錯喔。」

孝冬注意到，鈴子的眼神閃耀著雀躍的光彩，鈴子的表情缺乏變化，但眼神很容易流露感情。

仔細看一下就知道了。比方說，現在鈴子已經滿腦子想著淡路島的海鮮了，但她馬上又提醒自己，這一趟不是去郊遊踏青的。

孝冬面帶微笑看著鈴子，這種時候的鈴子太可愛、太討喜了。當然，剛毅正直的鈴子，也讓孝冬心醉不已，佩服萬分。

他好想五體投地，表達自己對鈴子的崇拜。鈴子好耀眼、好溫暖，暗處的積雪也抵擋不了她的光芒。

「這一趟去淡路島，妳放輕鬆就好。反正淡路之君的事，一時半刻也查不出什麼端倪。妳就當去遊山玩水，別太緊張。」

鈴子端詳著孝冬的臉龐。「你怎麼知道我在想什麼？」

鈴子又補充了一句：「你也有千里眼神通是嗎？」

孝冬被鈴子逗笑了，跟鈴子對話，彷彿一切都變得清朗、明亮。

「我去看花了。」

鈴子吃完粟餅，拿著雨傘離開客席，前往菖蒲池賞花。陰雨天四周有些昏暗，唯獨鈴子光彩照人。

「您的夫人真漂亮呢。」

坐在一旁的老婦人與孝冬攀談，孝冬轉過頭，向對方低頭行禮。這位老婦人看上去有一定的身分地位，還帶著一名侍女。

豐沛的白髮梳成了髮髻，通常這年紀的人髮量不多，髮髻也不會太大，但老婦人的髮髻卻很飽滿。五官也挺有氣質，細長的脖子和挺拔的身段自有一股美感。黑色的羽織上有松葉色花紋，穿在老婦人身上十分相襯。

「冒昧叨擾實在抱歉啊。只是，看尊夫人站在花菖蒲前面，美得像一幅畫呢。」

孝冬瞇起眼睛，溫和地說道：「我也有同感。」

「哎呀，瞧您恩愛的……呵呵。」

或許是孝冬太誠實的關係，老婦人先是吃了一驚，接著掩嘴微笑。

「真是好丈夫呢，我好羨慕你們年輕人。」

老婦人笑著望向鈴子。看她的眼神，似乎覺得眼前的景象很窩心吧。

「尊夫人的長相，讓我想起一位闊別多年的人物，我才情不自禁跟您搭話。」

「喔喔？闊別多年的人物？該不會是您自己吧？」

「呵呵……」老婦人很有氣質地笑了兩聲。

「要真是那樣就好嘍。可惜，我年輕時也沒尊夫人那麼漂亮。我說的那位人物，其實是我的朋友……她也長得很漂亮，但年紀輕輕就走了……」

老婦人落寞地低下頭。

「她留下了一個女兒。後來因故離家，行蹤成謎。如果還活著的話，應該也有三十六、七歲了吧，就不曉得現在身在何方了……」

這番話勾起了孝冬的好奇心，他問老婦人。

「冒昧請教一下，您那位朋友叫什麼名字？」

老婦人猛一回神，說道：「唉，您瞧瞧我，竟然對一個外人談起這種私事……請當我沒說過吧。」

老婦人微笑以對，沒有正面答覆孝冬的問題。

「現在雨停了，我先失陪啦。」

老婦人點頭致意，起身離席。

「改天有機會再見的——花菱男爵。」

話一說完，老婦人轉身離開了。孝冬直盯著老婦人的背影，那件羽織的背部和袖子，用防染留白的技法印出了家紋，在陰暗的客席中分外鮮明。那是一種鳥紋，有點類似雁，算是雁紋吧。

自己的名字和長相被陌生人知道，孝冬也習以為常了。他的身分和工作，常會碰到這樣的狀況。

——鳥紋……

「孝冬先生，雨停了，要來賞花嗎？」

鈴子呼喊孝冬，孝冬轉身望向鈴子。

「這裡有很罕見的花菖蒲，你知道嗎？我還是頭一次見識呢。」

鈴子的語氣很歡快，她一看到新奇的花朵，就想跟孝冬分享這份喜悅。她的用心讓孝冬很高興。

「哪種花？妳喜歡的話，我叫人種在我們庭院吧。」

孝冬離開客席，快步走向鈴子。雨過天晴後，菖蒲葉上閃耀著水珠的光華。

國家圖書館出版品預行編目資料

花菱夫妻的退魔帖 2, 罪與詛咒 / 白川紺子作 ; 葉廷昭譯 . -- 初版 . -- 臺北市 : 三采文化股份有限公司 , 2025.02
面 ; 公分 . -- (LiGHT 新世界 ; 02)
ISBN 978-626-358-573-7(平裝)

861.57 113018458

suncolor 三采文化

LiGHT 新世界 **02**

花菱夫妻的退魔帖 2：罪與詛咒

作者｜白川紺子　插畫｜齋賀時人　譯者｜葉廷昭
編輯二部總編輯｜鄭微宣　專案主編｜李媁婷
美術主編｜藍秀婷　封面設計｜莊馥如　版權協理｜劉契妙
內頁排版｜陳佩君　校對｜黃薇霓

發行人｜張輝明　總編輯長｜曾雅青　發行所｜三采文化股份有限公司
地址｜台北市內湖區瑞光路 513 巷 33 號 8 樓
傳訊｜TEL: (02) 8797-1234　FAX: (02) 8797-1688　網址｜www.suncolor.com.tw
郵政劃撥｜帳號：14319060　戶名：三采文化股份有限公司
本版發行｜2025 年 2 月 14 日 定價｜NT$400

《HANABISHI FUSAI NO TAIMACHO 2》
© KOUKO SHIRAKAWA, 2023
All rights reserved.
Original Japanese edition published by Kobunsha Co., Ltd.
Traditional Chinese translation rights arranged with Kobunsha Co., Ltd.

著作權所有，本圖文非經同意不得轉載。如發現書頁有裝訂錯誤或污損事情，請寄至本公司調換。 All rights reserved.
本書所刊載之商品文字或圖片僅為說明輔助之用，非做為商標之使用，原商品商標之智慧財產權為原權利人所有。

suncolor

suncolor